守望天山

党益民 著

陕西新华出版
太白文艺出版社·西安

图书在版编目（CIP）数据

守望天山 / 党益民著. -- 西安：太白文艺出版社，
2017.5（2024.4重印）
ISBN 978-7-5513-1165-6

Ⅰ. ①守… Ⅱ. ①党… Ⅲ. ①报告文学－中国－当代
Ⅳ. ①I25

中国版本图书馆CIP数据核字（2017）第078271号

守望天山
SHOUWANG TIANSHAN

作　　者	党益民
责任编辑	申亚妮　蒋成龙
封面设计	树影工作室
出版发行	太白文艺出版社
经　　销	新华书店
印　　刷	陕西金德佳印务有限公司
开　　本	787mm×1092mm　1/16
字　　数	95千字
印　　张	10.5
版　　次	2017年5月第1版
印　　次	2024年4月第16次印刷
书　　号	ISBN 978-7-5513-1165-6
定　　价	31.50元

版权所有　翻印必究
如有印装质量问题，可寄出版社印制部调换
联系电话：029-81206800
出版社地址：西安市曲江新区登高路1388号（邮编：710061）
营销中心电话：029-87277748　029-87217872

一条冰雪之路

一段雪藏三十多年的历史

一个老兵与一百六十八座坟墓

一家人二十四年孤独的守望

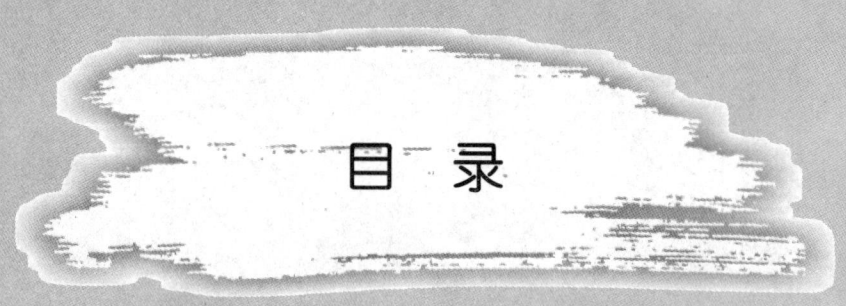

目 录

一、守墓老兵：陈俊贵　　　　　　10

二、陈俊贵的妻子：孙丽琴　　　　63

三、陈俊贵的大儿子：陈晓洪　　　84

四、陈俊贵的女儿：陈晓梅　　　　93

五、地方政府领导如是说　　　　　104

六、烈士亲人如是说　　　　　　　109

七、患难战友陈卫星如是说　　　　118

附录：《守望天山》相关评论　　　131

陈俊贵的故事我早就听说过。

故事很简单：三十多年前，部队在修筑天山公路时，遇到了大雪封山，官兵被围困在雪山上，弹尽粮绝，上级派陈俊贵等四名战士去四十公里外送信求援。他们带了二十个馒头，在冰天雪地里爬行了三天三夜，生命受到极大威胁。班长郑林书将最后一个馒头让给了陈俊贵，陈俊贵因此活了下来，而班长郑林书和副班长罗强英勇牺牲，陈俊贵腿部冻残，另一名战士陈卫星脚指头被冻掉。陈俊贵复员回家后十分思念班长，放弃了县城的工作，带着妻子和刚出生不久的儿子重返天山，为班长等一百六十八名烈士守墓……

不简单的是，陈俊贵这一守，就是二十四年，而且他还将继续守下去。

他为什么要这样？是什么力量让他和他的家人苦苦支撑了二十四年？他们是怎么熬过来的？他们在白雪皑皑的天山上演绎了怎样的人生故事？

守望天山

2007年9月，我从北京调到新疆，在陈俊贵原来所在的老部队——武警交通二总队担任副政委。带着这些谜团，2009年春节刚过，我和政治部干事皮峰踏上了通往天山的路，前去探望陈俊贵。

巍峨的天山将新疆分成南疆与北疆。天山独（山子）库（车）公路建成以前，从独山子到库车，必须东绕乌鲁木齐或西拐伊犁河谷，至少需要四天时间才能到达。1974年4月21日，毛主席亲自批准了《关于加快天山公路建设的命令》。从此，天山独库公路工程建设拉开了序幕。

1974年4月，军委基建工程兵第十二支队（后改为中国人民武装警察部队交通第二总队）从湖北宜昌挥师天山，投入兵力一万三千人，担负独库公路施工任务。官兵们征服了"老虎口"，开辟了六公里的"飞线"（路段设计在悬崖绝壁，上接云天，下临深涧，黄羊都难以攀登；测量人员因无法实地测量，只好在图纸上标成"虚线"，称为"飞线"），凿通了三条隧道，架设了六十五座桥梁。1983年8月，独库公路胜利竣工，缩短了南北疆的行程近六百公里，创造了我国筑路史上的奇迹。独库公路的建成，对于维护新疆稳定、巩固国防和开发天山资源、促进南北疆沟通和繁荣、改善各族人民的物质和文化生活条件都具有十分重要的意义。

建成后的独库公路全长五百六十二公里，北起"石油之城"独山子，南至龟兹古国库车，途经乌苏、尼勒克、新源、和静等县，翻越哈希勒根、玉希莫勒盖、拉尔墩、铁力买提四个冰达坂，跨过奎屯河、喀什河、巩乃斯河、巴音郭楞河、库车河五条天山主要河流，穿越著名的高山草原——巴音布鲁克草原。道路陡峭险峻，很多地段被标明在"雪线"（常年积雪带的下界）以上，年平均气温 $-9℃$，最低为 $-46℃$，施工难度很大，环境异常艰苦。

筑路十年间，部队官兵战冰雪、斗严寒，经受了生与死的严峻考验，先后有一百六十八名官兵献出了宝贵的生命，几千人受伤致残。官兵们用青春、鲜血和生命谱写了一曲生命绝唱，铸就了著名的"天山精神"。

"碧血洒满天山，捐躯为谁？为国威军威振奋；夫妻十年分居，幸福何在？在千家万户团聚。"这是20世纪80年代初轰动一时的电影《天山行》里的一副对联。而这部电影，就是根据这支英雄部队的事迹创作而成的。

1984年1月，新疆维吾尔自治区人民政府、自治区交通厅在天山公路中段的乔尔玛修建了天山独库公路烈士纪念碑，缅怀为独库公路工程献身的官兵。

我们沿着险峻蜿蜒的冰雪之路艰难而行。冰雪很厚，路上

守望天山

守望天山的老兵陈俊贵

很滑,来往车辆极少,路中间是两道深深的车辙,我们的行进速度相当缓慢。

中午时分,我们到达了尼勒克县乔尔玛。

在雪山环绕的烈士陵园门口的平房里,我见到了传说中的

老兵陈俊贵。他五十多岁的样子，身板硬朗，脸膛黝黑，已经明显谢顶，豪爽的东北腔里夹杂着维吾尔族和哈萨克族人的混合口音。都是筑路兵出身，我们一见如故。

他的手有力而温热。

他和妻子正在做午饭，锅里炖着马肉，屋子里香气四溢。尼勒克的马肉很出名。从乌鲁木齐出发前，我和陈俊贵通过电话，他知道我今天要来，所以专门准备了马肉。他说还给我准备了雪莲，让我回去时带走。我很感动，说马肉可以吃，但雪莲不能要。我知道采集雪莲是一件很不容易的事。他说天山上到处是雪莲，不值几个钱，算是他们的一点心意。

屋角放着一个半人高的蓝色塑料桶，我揭开一看，里面是半桶冰雪。陈俊贵说，他们一年四季吃的全是冰雪融化的雪水。他走到靠近火炉的另一个屋角，揭开一个同样大小的塑料桶给我看，说这是已经化好的雪水。果然是，里面还漂浮着几块薄

"我们吃的就是这样的雪水。"

守望天山

冰。我问他吃雪水对身体有没有影响。他说没多大影响，就是对牙齿不好，说着他张开嘴让我看。他的牙齿很稀疏，而且发黄发黑。他说吃了几十年的雪水，牙齿全松动了，用不了几年就会掉光。他和妻子很少吃肉，就因为咬起来费劲。我问他雪水怎么会使牙齿发黑呢？他笑了，说那不是因为雪水，是因为抽烟。他说山上空寂无人，寂寞无聊，他一天要抽一两包烟。

我想先去祭奠烈士。陈俊贵带我走进陵园。积雪没过了膝盖。我们沿着他开辟的"雪道"前行，迎面是高耸入云的纪念碑，上

"他们长眠在雪山下。"

作者在烈士陵园

书"为独库公路工程献出生命的同志永垂不朽"。陈俊贵说,以前墓地不在这里,在新源县,因为这里有纪念碑,所以2006年才在这里建了烈士陵园。

绕过纪念碑,白雪皑皑的山坡上,是一排排整齐的墓碑。不用数,我也知道那是一百六十八座。我被眼前的一排排墓碑震撼了,驻足良久。"一百六十八",以前只不过是一个数字,但是现在它们排列在一起,不能不让我的灵魂颤抖。墓地雪白一片,像是一个童话世界。这个圣洁的世界里,安息着一百六十八位烈士的英灵。

陈俊贵指着墓地告诉我说，在这一百六十八名烈士里，职务最高的人是李黑土，是副师级，河南人，牺牲时五十七岁；最小的叫王爱林，新疆人，牺牲时十八岁。

迈向墓地的脚步很沉重，脚下积雪的"咯吱"声，像是我的灵魂在呻吟。

我们烧了纸钱，放了鞭炮。

陈俊贵对那些沉默的坟茔说："战友们，总队首长看你们来了，天气冷，给你们烧点纸钱，买衣服穿。"那口气，好像那些墓碑是一个个活生生的人。

我们一人手里拿着一瓶酒，踩着厚厚的积雪，把酒祭洒在每一个烈士的坟头。

陈俊贵说："战友们，喝口酒吧，驱驱寒。这酒不错，伊力老窖，你们不准抢，一人只准喝一口，喝多了要违反纪律的。"

最后，我们站在最里边的一座墓碑前，墓碑上刻着"郑林书烈士之墓"。这就是陈俊贵的班长。当年班长命令陈俊贵将最后一个馒头吃下去。班长牺牲了，陈俊贵活了下来。

陈俊贵蹲在班长郑林书的墓碑前，点燃三支烟，摆放在碑座上。他说班长不喜欢喝酒，喜欢抽烟，他每次来要给班长点三

支烟。陈俊贵对墓碑说："班长,你抽吧,这可是软中华,一包六七十块钱呢。昨天过路的一个州里领导给的,我没舍得抽,给你留着呢……"

祭奠完毕,回到陵园门口陈俊贵住的平房里,吃着他妻子炖的马肉,喝着酒,陈俊贵开始了他的讲述——

守望天山

一、守墓老兵：陈俊贵

我们是战友，有啥说啥。

当年你们十一支队（基建工程兵的一个师）在青海修青藏公路，我们十二支队在新疆修天山公路；你们修了十年，我们也修了十年；你们牺牲了一百零八个，我们牺牲了一百六十八个。咱们都是基建工程兵出身，都在雪山上抡过铁锤，背过石头，所以见到你感觉特别亲。

我们实话实说，不整那没用的。但是有些话、有些事，你可别写到书里去，别让人家笑话咱老兵没水平。来，喝，听我给你慢慢唠。

我这一辈子呀，做过最大的一件错事，就是吃了四个战友们最后的一个救命馒头。当然，我也做对过几件事：一是当了兵，二是娶了个好老婆，三是退伍后又重返天山为班长和牺牲的战友守墓。

我们村里的许多媳妇都是骗来的

我的老家在辽宁省辽中县老达房孟家岗。我们弟兄三个，我是老二。老大是残疾人，二十三岁那年，给生产队赶马车，让马给踢了，双目失明，现在还没有成家呢。老三也是个农民，成家了，有一儿一女，听说日子过得还可以。

你说我父母？我父母已经不在了。我父亲是2003年去世的，我没回去，太远了，没有那么多路费。再说接到家信时，人都下葬一个多月了，就算回去也不赶趟。我母亲是去年去世的，我也没有回去。当时烈士陵园的事挺多，离不开，我想她老人家能原谅我。

不瞒你说，我来天山二十四年了，没有回过东北老家一次。为什么？我也说不清，阴差阳错的，就是没有回去。现在父母不在了，以后更不可能回去了。我想一直陪着我的老班长，陪着这一百六十八个战友，死后就跟他们埋在一起。你看，天山这地方多美呀，多干净呀，死后能跟这么多战友埋在一起，也是我的福分。

我父亲排行老二，是个农民。我大伯也是个农民，但是在解放初期担任过大队书记。老三当兵去了朝鲜，牺牲在了朝鲜战场上。老四当了工人。我父亲最没本事，人字不识一个，人老实

守望天山

得有点过分。"文化大革命"的时候，人家给队长写大字报，落款都写的是我父亲的名字：陈彦令。我父亲不认识，还乐呵呵地跟在人家后面看热闹，结果让队长臭骂了一顿。后来，知识青年上山下乡，给公社、县里领导写信告生产队长，落款也写我父亲的名字。你说这老实人倒霉不倒霉？

那时候穷啊！我们家过春节买不起鞭炮，我父亲是赶大车的，就用马鞭子甩两下，让我们听个响，算是过年放了炮。我的小名叫"赶趟子"，你知道为什么这么叫吗？因为我出生的第二天，正好赶上生产队分粮。小时候看人家戴手表，我特别羡慕。当时"戴手表、穿皮鞋、镶金牙、别钢笔"最牛气。不管有没有文化，衣兜里也要别上一支钢笔，有的别两三支。再多就不行了，别上一排，那是修钢笔的。有的没有钢笔，就捡人家扔掉的笔帽别在衣兜上，冒充有文化。

我哥哥十二岁就辍学了，回家放猪。我父亲吃了没文化的亏，自己的名字都不会写，希望我和弟弟能继续上学。那时我就想，一定要好好学习，将来买一支真正的钢笔别在衣兜上，那才叫真有文化。可是好好学也没用，那时提倡交白卷。我们辽宁的张铁生就交了白卷，还说"条条铁路通北京，老师何必硬强求"。当时没人好好上学，天天写大字报，学生给老师写，老师给校长

写，贴得满墙都是。

我们村的知青说，老达房这个地方，从村东头到村西头的光棍都能把人绊倒。女娃都嫁出去了，男娃找不到对象。找不上对象咋办？骗呗。咋骗？跑到山东去骗。让村里最年轻、长得最帅的小伙子去山东相亲，说我们那里地多人稀，哪个姑娘要是肯嫁过去，连她的亲娘老子弟弟妹妹都可以带过去。这话很管用，又看小伙子长得帅，姑娘就上了当。

但到了新婚之夜，前去相亲的那个小伙子就消失了，换成了另外一个人。等新娘子发现上了当，生米已经做成了熟饭，只好认了。

最要命的是，新婚三天后，新房里的摆设都让村里人抬走了。为啥？因为当时为了糊弄娘家人，全村人都把自己家里最好的摆设集中在了新郎家。媳妇已经到手，当然要物归原主了。

我当兵就是为了能吃上馒头

但是，我母亲不是我父亲花钱骗来的，是她自己主动来到我们孟家岗的。来的时候，母亲怀里还抱着一岁多的大姐。我父亲三十多岁还没结婚，就娶了我母亲。母亲以前的丈夫是谁，为啥来到我们孟家岗，我一直没弄明白。母亲不说，父亲也不说，

守望天山

这事就成了一个谜。现在父母都走了,这个谜永远也解不开了。

母亲生下我后大出血,几乎死掉。我一声没哭,也不睁眼,一动不动。父亲以为是个死胎,就拿破布一卷,用草绳一捆,扔到了山上的野沙岗。父亲走出老远,听到了我的哭声,又把我抱了回来。我确实也不争气,小时候多病多灾,长到十一岁才会说话。村里的土医生说,是因为我的舌头大。

那时我们那里以吃高粱米、玉米、大豆为主,想吃大米、白面得到外地去换。过年的时候,村里才发几斤面粉,让大家初一包顿饺子。一年到头,只在大年三十那天能吃顿猪肉炖粉条。粉条是自己用土豆或者红薯加工的。把红薯放在缸里,捣烂,加水,把浆打出来,淘出淀粉,然后加上白矾和成面,支一个大锅,下面烧苞米秆,上面"漏鱼",就是粉条。生产队分的粮食,一年总有一两个月接不上顿。

记得有一次,锅里就剩下了两个苞米贴饼子。我和弟弟放学回来,揭开锅一看,谁都舍不得吃,又悄悄去了学校。父母和哥哥还要下地干活,饿着肚子可不行。我和弟弟坐在教室里上学,省力气,饿一顿也没啥。

可是我们经过苞米地时,实在饿得走不动了,就溜进去掰青苞米啃。青苞米不好消化,容易放屁,而且还特别臭。又不敢

放，怕同学听见，就憋着，一点一点悄悄地放。同学嗅到之后，问谁放的臭屁。我也左顾右盼，寻找放屁的人。

我记得很清楚，毛主席去世那一年，在城里工作的堂姐夫来我们家，拿了一盒点心，用红纸包着。堂姐夫走后，母亲将点心挂在屋梁上。母亲不让我们吃，一是舍不得，二是想让人家看看，我们家来城里客人了，还带了这么好的点心，觉着很有面子。等家里没人的时候，我踩着凳子，用手指头将红纸抠开一点点，沾了点心上的油，用舌头舔了舔手指，算是解了馋。后来时间久了，那红纸上落了厚厚一层灰，母亲才取下来分给我们吃。那时点心已经有点变味了，但是吃起来还是很甜，很香。

你知道，我们东北农村都睡大炕。家境不好的一家人挤一个大炕。有人开玩笑说，老公公把儿媳妇的鞋都穿错了。我们一家六口人就挤在一个大炕上。我大姐长大了，还和我们挤在一个炕上。但是大姐穿衣服优先，她毕竟是女娃，不能让她穿露屁股的衣服。大姐穿过我们再穿。我十六岁以前，一直都穿大姐的旧裤子。那时女式裤子前面不开叉，解手很麻烦，我就在前面自己开一个小洞。一条裤子你穿了我穿，穿破了也舍不得扔，补一补又穿。有时来不及补，就用书包挡着屁股后面的破洞往家走。哎呀，别提多别扭了。

当时谁都想穿一身绿，但是买不起绿布啊，咋办？母亲就把莲花叶子和生布放在锅里一起熬，捞出来就成了绿布。母亲用这样的绿布给我做了一身衣裳，穿在身上心里别提多美了。我喜欢绿军装。我做梦都想长大了去当兵，穿上真正的绿军装。还因为当兵能吃上馒头，而且管饱。这话是我姐夫告诉我的。

那时大姐已经出嫁，嫁给了一个解放军。姐夫是沈阳军区的，叫何长友。他第一次来我们家，我看着他那一身绿军装真是眼馋。我说，何哥，能不能把你的军装脱下来，让我过过瘾？他只把上衣脱下来让我穿了一会儿。哎呀，那领章，那帽徽，真是让人羡慕。姐夫说，你要是喜欢，等长到十八岁也报名参军，部队不光能穿绿军装，还能吃上馒头和猪肉炖粉条。那时我就发誓，一定要去当兵。不为别的，就为了能穿上绿军装，能吃上馒头。

为了当兵，我给大队书记跪下了

其实，我最先想当的不是基建工程兵，而是云南的野战军。那是1978年3月份，当时我已经体检合格了，有人告我的状，

说我高中还没毕业，结果没去成，我心里很难过。那时政审很严，大家都想当兵，争破了头。

你不是告我高中没毕业吗？那好，我干脆不上学了，回家务农，就等着当兵。但是我不会铲地铲苞米，队长见我有点文化，就让我跟人去拉草，拉回来粉碎了喂牛喂马。生产队有一头瘸骡子，没人愿意赶，队长让我试着赶。

那年冬天，又开始征兵。这次招的是基建工程兵。当时不知道基建工程兵是干啥的，也不管那么多，只要能当兵就行。

我们大队五个体检合格，另外那四个都有来头，就我没有一点关系。这可咋整呀？上次没整成，这次再黄了，我当兵的梦不就破灭了吗？

我夜里长吁短叹，睡不着觉。母亲也替我难过，可是有啥办法呢？我们家没有一点关系，找谁帮忙呢？后来母亲想了个办法。大队书记姓王，我母亲也姓王，母亲就跟人家书记套近乎，提着半篮子鸡蛋，领着我去找书记。

母亲见了书记说，大兄弟，咱们都姓王，五百年前是一家，我求求你了，让你这个外甥去当兵吧。母亲说着眼泪就下来了。母亲一边流泪一边让我跪下，喊书记"舅舅"。我心里很难过，很不情愿，可是为了当兵，我还是"扑通"一下跪在书记脚下，

17

守望天山

喊了一声"舅舅"。那一刻，我的泪水也流了下来。

书记很高兴，答应研究研究。

书记说话还真算数，没过多久，我就穿上了崭新的军装。

生产队长对我父亲说，陈彦令，你儿子要当兵走了，放你一天假，你去赶大集。父亲就抱着家里唯一的一只母鸡去赶集，准备卖了钱再买点肉和菜，请大队干部吃饭。可是父亲把老母鸡揣在怀里，在集市上转了一圈又一圈，没舍得卖，又抱了回来。母亲说，那就把老母鸡杀了吧。这是规矩，人家请，我们不能不请，我们家再穷也不能少了人家这顿饭。

父亲就把母鸡宰掉了。我心疼啊，家里就指望这只老母鸡下蛋换钱，给母亲买药呢。鸡蛋送给了书记，现在连鸡也杀了，母亲以后靠啥买药？母亲说，儿子你放心走吧，妈以后吃黄连素，黄连素便宜。我当时就暗下决心，到部队后好好干，将来混出个人样来，为父母争气。

第二天，民兵连长把我们带到公社，然后坐汽车直接去了辽中县。晚上我们到了沈阳，啥也没见，又被送上闷罐子兵车。

闷罐车上只有一个小窗户，车厢里光线很暗，接兵干部都穿着"四个兜"，也分不清谁大谁小，见了"四个兜"都叫首长。我第一次坐火车，心里很激动。想问"四个兜"我们去哪里，但

始终没敢问。

天安门上的钉子不是金子做的

一下火车，我们才知道到了北京。那个激动啊，简直没法说。但是看了看周围，没有多少楼房，不像是心目中首都北京的样子。一打听，才知道是房山区李庄大队。我们将在那里度过三个月的新兵训练生活。

我们住的是老乡的房子。我们班住的那家姓池，他家有个沼气池。那一带许多老乡都用沼气做饭。训练休息时，我经常帮老乡清理沼气池，干点家务活。老乡很喜欢我。他家有两个丫头。

老头子跟我开玩笑说，小伙子，你将来退伍了，就给我当上门女婿吧。

我听了，心里很不乐意。我刚到部队，还准备好好干一番哩，将来穿上"四个兜"啥的，你却说我退伍的事，你知道我一定会退伍？

但是冷静一想，老头子说的也没错，再说，人家丫头长得也不差。

说实话，我既然出来了，就不想再回东北老家了。

守望天山

三个月新兵训练结束后，我们才真正走进北京城，驻扎在西城区安德路，任务是修地铁。我们连队的主要任务是扎钢筋、支模板，支好后往里面浇水泥，等水泥凝固了再把模板拆掉。你说啥？馒头？那当然了，连队馒头管饱，我们新兵特别能吃，干的又是重体力活，一顿能吃七八个。但是我们天天在地下施工，又是封闭式管理，很少看见外面的繁华世界。

一个休息日，连长对我们说，你们新兵刚到北京，可以出去转转，但必须三人一组，由老兵带队。还说，出去时要衣帽整齐，军姿端正，不要影响军人形象。这可是我们伟大的首都，你们一定要注意！

我们把军装平铺在床上，用嘴往上面喷些水，用装有开水的茶缸熨平，然后穿上，高高兴兴地走出营门。

一个老兵带着我们两个新兵逛王府井。我对逛街没兴趣，一心想去天安门。为啥？说了不怕你笑话，我们村里人都说天安门城楼大门上碗口大的钉子，全都是金子做的，有人还为此打过赌。我就是想亲眼去看看到底是不是金子做的，还要亲手摸一摸，将来探家的时候好给村里人吹牛。心里这么胡思乱想着，我就与另外两个战友走散了。找了半天没找到，我干脆自己一个人去天安门。

我一路问到了天安门。看到雄伟的天安门城楼，我激动不已。我用手摸了摸大门上那碗口大的钉子盖，原来不是金子做的，而是铜铸的。

我在天安门广场转了很久，后来就转迷了，找不到回去的路了。

我问路人，西城区安德路怎么走？人家说，安德路地界大了，你到底要到哪里？我说不上具体地址。我一路走一路问。我从地上捡到半截粉笔，担心自己越走越迷糊，就在走过的电线杆上画一道，如果找不到，大不了顺电线杆子再折回来，重新再找。后来还真找到了。但是天已经很黑了，连长急得在院子里跳，带我出去的那个老兵站在一边，吓得满头大汗……

天山的冰棍不花钱

我在北京修了半年地铁。

1979年，对越自卫反击战开始后不久，我们才离开北京。不是去前线，而是去相反的方向。但是当时我们并不知道，以为是去越南前线。

当时传说一部分人要调走，大家都很兴奋，都盼望着去前线。

守望天山

为啥？去前线可以立战功，立了战功可以入党、提干，穿上"四个兜"。能入党，能穿上"四个兜"，是每一个新兵的梦想。别看北京是首都，是全国人民向往的地方，但那时前线才是我们真正向往的地方。北京再好，我还是一个兵，可是上前线我就有可能穿上"四个兜"。

那天晚上，天很黑，我已经睡着了，突然听到了紧急集合哨。

连长在外面喊，一号装备，把该带的都带上。

我们打好背包，站在操场上，黑压压的一片。

连长说，点到谁谁出列。

营门口停着六辆解放车，车厢用帆布蒙着，气氛神秘而紧张。被连长点了名的站到另一边。我心里很紧张，等着连长点我名字，可是就是听不见"陈俊贵"三个字。心里那个紧张啊！我一心想去前线。打仗我不怕，死了也痛快，不死就立功、提干。连长终于念到我了，我很激动，答"到"的时候，声音都有点哆嗦。

解放车把我们拉到丰台，我们在那里坐上了闷罐车。一人发了一袋江米条、两瓶罐头。窗户还不让打开，只留一道缝。铁门一直关着，只有停车解手的时候才打开。我们的火车白天不走，晚上才走。白天停靠的都是小站，也不让下车，大家就坐在车厢里等。也不知道走到了哪里，离越南边境还有多远。干部不让问，

说保密,这是纪律。

现在总队的雷永文副总队长,当时就跟我坐一趟闷罐子车。但当时我们并不认识,前年他来乔尔玛看我,说起来以前的事,我才知道他当时也在。

闷罐子车把人坐得晕头转向,也不知道走了几天几夜,最后到了一个地方,让大家打背包下车集合。我们下车后才知道,是乌鲁木齐。有人问干部,不是说是前线吗?怎么跑新疆来了?干部说,队列里不要说话,注意纪律。没人敢吭声了。后来我们才知道,其实那个小干部当时也不知道是怎么回事。

9月的乌鲁木齐,已经有点冷了。我看见许多大篷军车朝我们开过来。我们按次序上车,刚坐稳,车就开动了。军用帆布把车厢蒙得严严实实的,看不见开往哪个方向。

颠簸了整整一天,到了一个兵站。睡了一晚上,第二天又继续往前走。半路上来一个矮个子,姓郝,"四个兜",人很精干,也很和气。后来才知道他是副团长。听说他后来当了将军,现在已经退休了,住在北京。你认识他?那太好了,你见到他就说,他以前的兵陈俊贵向老首长问好。

我们坐在车里啥也看不见,心里那个急呀。我就用手悄悄抠帆布,抠开一个小洞,往外一看,乖乖,满世界都是冰雪。除了冰雪啥也没有。

天黑的时候，我们到了一个叫那拉提的地方。这才知道已经到了天山，我们的团部就在那拉提。但是那时我并不知道这个叫那拉提的地方后来会跟我有那么深的不解之缘。

第二天，继续往天山深处走。一路往上，积雪越来越厚，路也越来越滑，大家吓得不敢吭声。走到半道，车队停下了，说前面塌方了。有人问，塌方是咋回事？没人回答。干部们神情都很严肃。干部说，路不通了，都下车，步行。我们就背着背包，徒步前进，走到天黑才到营地。刚从工地上下来的老兵们，一个个黑黢黢的，脸上带着笑，列队站在营门口，敲着脸盆欢迎我们。

我和另外十七个新兵分到了二营五连。我们连长叫许排顺。连长把各个班长叫过来，说来了一批新战友，谁谁谁到一班，谁谁谁到二班。班长把我们领回各班帐篷。

我的班长是四川人。他把我领进帐篷，老兵们帮我拿行李，铺床，说，你一路辛苦了。我一看那环境，心情不是很好，但是老兵的热情让我挺感动。帐篷里生的火炉子是用废油桶做的，上面连着两个水桶，里面都是雪水，一个洗脸，一个饮用。正副班长住在两头，中间住战士，因为两头到了夜里比较冷。帐篷里没有电，点的是煤油灯，用罐头盒做的。油也不是煤油，是柴油，

所以直冒黑烟。老兵们就往油里撒点盐巴,烟一下子就小了。这一手我很快就学会了。

当天晚上吃的是面条。那时的面条可是病号饭,一般人平时吃不上,那天是连队专门招待我们新兵的。还有大肉罐头、鸡蛋罐头。那顿面条吃得特别香,我记忆犹新。饭后,老兵们给我们打了热水,说,你们走了很远的路,烫烫脚好睡觉。这时老兵才告诉我说,我们是基建工程兵,是专门来修天山公路的。我一听,心就凉了。本来想去前线,没想到被拉到这里修路来了。但是坐了几天的车,确实很乏,一躺下就呼呼睡着了。

第二天起来,老兵们早不见了,上了工地,帐篷里就剩下了我们几个新兵。火炉子上有洋芋片、大米粥,还有七八个馒头。我们吃过饭,走出帐篷,外面全是白茫茫的冰雪。有几只比兔子大点的动物,肉乎乎的,笨笨的,在雪地上跑来跑去,"嘎嘎"乱叫。后来老兵告诉我们,那是旱獭。

我们几个没事干,就往山上爬。想爬到山顶上看看山外是啥样子。可是等我们气喘吁吁地爬到山顶,山外还是山,一座比一座高,连绵不断,没有一个人影,看不到尽头,只有一条小路通往山外。

我们坐在山顶,有些绝望。这咋整?怎么来到这么个熊地方！

晚上，指导员把我们新兵叫过去开了个会，说，这是毛主席最关心的一条重要的国防公路，叫独库公路。但是你们给家里写信不要提具体干什么，也不要提国防公路，这是军事秘密。

最后，指导员开玩笑说，新战友们，北京有北京的好，天山有天山的好，你们想想，你们在北京吃冰棍还得花钱，我们这儿的冰多的是，随便吃，不用花钱。

从此，我就在天山上开始了筑路生活。

在天山修路，牺牲是常事

那时，天山公路已经修了六年，大部分毛路已经开辟出来了。

部队没有大型机械，用的全是钢钎、铁锹，最先进的工具就是风钻。后来机械能开上山了，才配备了几台 D80 推土机。我们连队的主要任务是备料。说实话，施工环境相当艰苦，劳动强度也相当大。早上天麻麻亮就得上工地，晚上天黑得看不见了才收工，中午饭在工地吃，一天至少要工作十三四个小时。

我们白天施工，晚上还要学习。学些啥？学政治，学"两

施工物资全靠战士们这样扛上雪山

报一刊"社论，学在天山上牺牲的烈士们的先进事迹。我印象最深的就是姚虎成和李善国，他们两个的墓碑你刚才在陵园里都看见了。

姚虎成是你们陕西人，城固县的，牺牲的时候是副营长。他是个孤儿，到部队后特别能吃苦，有点拼命三郎的劲头。部队打导洞出现塌方，他冲进去排险，连续四十二个小时没合眼。战士们硬把他从导洞里拉出来，强迫他休息。他从手腕上摘下手表交给通讯员，说，你半小时后必须叫醒我，否则我处分你。他只打了一个盹，又钻进洞里指挥排险。有一次，几台筑路机械要运上山，上级要求他带领战士们炸山开路。那时机械可是宝贝疙瘩，不能有半点闪失。他用七天就开辟出一条道路来，将机械按时运上了山。后来他荣立了二等功，还当选了第四届全国人大代表和党的十一大代表。

我到天山的前一年，姚虎成和打前站的战友为大部队开辟道路。他们从早上一直干到中午，他看时间不早了，就让战士们先回去吃饭，自己和两个推土机手留下继续清除积雪。战士们刚走不久，冰达坂上突然传来一阵轰隆隆的响声，发生了雪崩，把推土机冲出五十多米，两个推土机手昏迷在变了形的驾驶室里。姚虎成不幸牺牲，年仅二十八岁，当时他还没有结婚。姚虎成牺

战士们在悬崖绝壁上打炮眼

守望天山

牲后，中央军委授予他"雷锋式好干部"荣誉称号，号召全军指战员向他学习。

另一个就是李善国。他是湖北武昌人，1965年入伍，牺牲时是政治指导员。1974年，他跟随大部队第一批进军天山。第二年6月底，他爱人来队，他正带领部队打"飞线"，没有下山去接，他爱人自己上山找到部队。即使爱人来队，他也没有休息一天，坚持带领官兵在"飞线"施工。半个月后，发生了一场意外的大塌方，李善国等五位同志不幸牺牲。李善国终年二十九岁。他爱人就在不远的营地等着他。你想想多惨。

新疆军区有个作家叫李斌奎，好像也是你们陕西人，他根据姚虎成和李善国的事迹写了小说《天山深处的大兵》，还改编成了电影，就是20世纪80年代初轰动一时的《天山行》。

我再给你讲一个比这还悲惨的故事。但不是发生在我们团，而是另一个团，我是听战友讲的。部队正在"老虎口"施工，突然塌方了，一块巨石落了下来，把一个入伍不到一年的四川兵砸到了，他整个身子都被压在巨石下面，压成了饼子，只有头露在外面。当时人没死，还能说话。战友们用钢钎撬，想把石头撬开，把他救出来。可是那么大的石头，咋撬得动啊！当时"老虎口"

战士们在冰达坂上施工

31

守望天山

在悬崖峭壁上，机器又上不去。想用炸药炸开石头，又怕伤了他。一点办法都没有。看见战友的惨状，全连人哭着喊着，围着石头跑来跑去，就是无从下手。

被压在石头下面的那个兵说，你们别白费劲了，我肯定活不成了，你们就把我和石头一起炸了吧，别影响施工。

谁忍心炸？没人这么干！

那兵说，我还没来得及给家里写封信呢。

战友们急忙找来纸笔，说，你说，我们写，一定寄到你家去。

那兵就说，爸，妈，我在部队挺好，工作也不累，吃得也不错，首长很关心我，战友关系很不错，跟亲兄弟一样，你们就放心吧。爸，妈，我啥子都好，就是有点想念你们。

说着，那兵的眼泪涌了出来，跟鼻子里的血一起流在了雪地里。

那兵最后说，爸，妈，我在部队很努力，干得不错，没有给你们丢脸。

在场的所有人都哭了，但是一点办法都没有。战友们把全连所有好吃的东西找出来，轮流给他喂，陪他说话。第二天，那兵才牺牲。眼睁睁地看着自己朝夕相处的战友一点一点死去，那是一种啥心情？我每次想起这事都流泪。

当年在天山修路,确实很艰苦,很危险,战友牺牲的事时有发生,要不烈士陵园里咋会有一百六十八座墓碑?

有一个叫石博韬的湖北兵,在隧道施工时遇到了塌方,他为了救战友,献出了自己年轻的生命。2006年,总队组织"重走天山路"活动时,也邀请了他的父亲石文华。老人七十多岁了,当时站在儿子的坟墓前老泪纵横,泣不成声。

老人说,我没有一天不想念儿子,我人在湖北,心在新疆,因为新疆还有我的儿子。每天晚上,我和老伴都要看看新疆的天气预报,二十四年来天天都是这样,已经养成习惯了……

有一个老兵,叫董二龙,当年他们营打2号隧道。去年他从河南老家来新疆捡棉花,回去的时候专门跑到天山来,想看看牺牲的战友,看看2号隧道。他走到隧道口,"扑通"一声就跪下了,泪流满面。他哭着说,三十年前,我在这里奋战了五年,我的好几个战友就牺牲在这里啊……

"司令员同志,能不能让我们握握女兵的手?"

唉,不说这些伤心的事了,说说高兴的事。

要说最高兴的事,那就是看电影。当年在天山,没什么娱

守望天山

乐活动，最多也就是看场电影。但是看一场电影要等一两个月，全线五百六十多公里，大家得轮流看。

一听说晚上放电影，大家早早就完成了任务，也不知道哪儿来那么大精神。看电影要到营部去，全营一起看，要走好几公里地呢，最远的连队要走十公里。我们排着队，拿着雨衣，提着马扎，朝营部走。为啥拿雨衣？天山上一会儿雪一会儿雨的，没个准，看到中途下起雨来咋办？不能等雨停了再看，过了这村就没这店了，人家电影队第二天还要赶到下个营去放映。我那时觉得当个放映员最牛，可以天天看电影。

那时电影都露天看，哪有现在坐在电影院里舒服。有一天，我们正看得起劲，突然下起了大雨。这咋整？没有一个人动，大家冒雨继续看。电影放完了，雨也停了。

营长喊，全体起立，各连带回！

没有一个人站起来。

营长说，哟嗬，今天还较上劲了，咋回事？

一个班长站起来说，首长，能不能再放一遍？我保证我们班明天不耽误施工，并且超额完成任务。

大家一齐喊，再放一遍！

营长没办法，去给放映员说情。人家不同意，说，今天太

晚了,我们明天一大早还得到乌苏去放呢。别看团里的放映员是个兵,说不放就不放,营长说话也不灵。营长悄悄给放映员塞了一包烟,放映员这才勉强同意,又放了一遍。

我们连有个陕西兵,我来的第二年他就复员了。当了五年兵,他从来没去过团部。一个团撒在两百公里的战线上,远哪,如果不是立功受奖,去参加团里年底的庆功会,很少有机会到团部。指导员对退伍老兵说,你们在天山干了这么多年,今天就要复员回家了,还有什么要求?陕西兵说,指导员,我没有别的要求,走的时候能不能绕个道,让我们看看团部,在大门口照张相?指导员向团长汇报,团长同意了,就让老兵们绕道去看了看团部,还专门安排人给老兵每人照了张相。

别说当兵五年没去过团部,就是女人也从来没有看见过。

有一年,新疆军区的司令员杨勇来天山公路视察,身边带着一个年轻女军医,顺便给山上的官兵看个病。战士们哪儿见过女兵?眼睛都直了。

有个战士大着胆子报告说,司令员同志,能不能让我们握握女兵的手?

司令员一听这话,眼睛湿润了,对那位女兵说,去,跟战友们握一下手。

战士们爆发出热烈的掌声。大家正在施工，手很脏，都急忙用雪将自己的手搓洗干净，等着跟女兵握手。跟女兵握过手后，据说有的战士好几天都舍不得洗手……

我哪儿有那福气？我当时不在场，那是另一段工地。这件事现在总队的许多领导都还记得。

我的班长郑林书

我跟我们班长只相处了三十八天，我却甘愿用一生来为他守墓。

我原来是一班的，那年老兵复员后，才把我调整到了四班。四班班长叫郑林书，湖北人，个不高，圆脸，大眼睛。他普通话讲得不好，说话爱带个"老"字，还爱带把子，我不大喜欢。但是后来有两件事，让我挺感动，改变了对他的看法。

你也知道，山上海拔高，馒头蒸不太熟，抓在手里黏糊糊的，吃到嘴里粘牙。把馒头从炊事班打回来，先

郑林书烈士

放在火炉子上烤，然后再吃就好一点。你们那时在青藏高原也烤馒头吃？呵呵，看来都一样。对，用铁丝编个小笼，把馒头放上去烤，如果时间允许，烤得焦黄焦黄的，吃起来特别脆，一咬嘎巴响。我看老兵烤，我也去烤。第一个吃完后，觉着不过瘾，又烤了一个。结果吃到一半，听到了集合哨吹响，我顺手把剩下的半个馒头扔进了帐篷角的脏水桶里，跟着战友跑了出去。

连长集合说，今天营里检查卫生，要求大家回去好好整一整，一定要扛上卫生红旗，不能给连队丢脸。那时啥都讲究争第一，见第一就争，见红旗就扛。

可是还没等我们整理好，营里检查的人就来了。也该我倒霉，人家正好就抽查我们班，发现了我扔在脏水桶里的半个馒头。结果红旗没扛上不说，连长还被营里来检查的人训了一顿。那时扔半个馒头，可不是个小事。连长很窝火，把班长叫去训了一顿，让他一定要把扔馒头的人查出来。

班长回来黑着个脸，问谁扔的馒头。我看事情闹大了，吓得不敢吱声。我当时想，要是承认了，今后入党就没戏了，提干就更别想了。我心里有鬼，很害怕。班长瞅了我一眼，没说话。我是最后一个跑出帐篷的，当时就我一个人吃烤馒头，还能有谁？班长肯定知道是我干的，但他什么也没说。

守望天山

班长从桶里捞出那半个馒头，看了看，当着我们全班的面，一口一口吃了下去。吃完后，班长说，我们部队苦，老百姓比我们还苦。我们绝大部分人都是从农村来的，可不能这样糟蹋粮食！

我羞愧难当，感动得几乎给班长跪下。但我当时什么也没有说，我没有勇气承认。这事我们班长自己扛了下来，说是他扔的，连长把他臭骂了一顿，没有再追究。一直到班长牺牲，我也没有机会向班长承认馒头是我扔的。我后悔死了！

还有一件事情，让我终生难忘。

有一天晚上，我洗完脚，去帐篷外面倒水。刚一出门，我就把水"哗"的一声泼了出去。只听有人"哎呀"一声，原来是班长。他刚从连部开会回来，被我当头浇了一身脏水。那时山上多冷啊，零下十几摄氏度，泼出去的水很快就能结冰。

我说，班长，对不起，我不是故意的。

他一边往帐篷里走，一边说，没关系没关系。

我们班的战士见我泼了班长一身水，赶忙帮班长把衣服脱下来，在火炉子上烤。大家都瞪着我，说，你新兵蛋子，净干些没屁眼的事！

班长冻得直打哆嗦，一边用毛巾擦头发上的脏水，一边说，

没事没事,陈俊贵,你以后倒水跑远点,别倒在门口,一结冰,人容易滑倒。

这两件事,特别让我感动。这就是我的班长,比我亲哥哥还能包容我的战友!现在班长就躺在陵园里,我想对他再说声对不起,他都听不见了……

班长把最后一个馒头让给了我

1980年4月6日,这个日子我死也记得。

当时大雪封山,"42"已经断粮。那里是2号隧道,有三个营的兵力,一年四季都在隧道里施工,春节也不休息。因为在四十二公里处,所以大家习惯叫"42"。路上的许多电线杆被风刮倒了,通讯中断了,团里决定派人去"42"送信。团里把这个任务交给了我们连,因为我们连离"42"最近,只有四十公里。

连长让班长郑林书挑选三名身体好、素质高的兵去执行这次任务,我们班长就挑选了我。我当时正在帐篷里洗衣服,班长站在帐篷门口喊,陈俊贵,你过来一下。我跑过去。班长说,你跟我去执行一次任务,愿不愿意去?我问去哪儿,班长说去"42"送信。我一想,这么大的雪,要跑四十公里去送信,太难了。但

守望天山

是班长能叫我去，说明组织信任我，在考验我，再说我还欠着班长的情呢。于是我很干脆地说，班长，我很愿意跟你去！

出发的时候我才知道，跟我们一起去的还有副班长罗强和战士陈卫星。

我们四个人把炊事班剩下的二十个馒头装进挎包，背了一支步枪、一部军用电话，简单吃了点东西就出发了。时间大概是下午两点。团里的意思是，如果走到前面电话线能通，我们就给"42"打电话，传达完团里的指示就可以返回。平时这四十公里，最多走一天，谁想到我们却走了三天三夜……

开始，我们沿着刚修好的公路走。路上的积雪只有半尺深，走起来还不是很吃力。天快黑的时候，我们走到一个被遗弃的道班房，里面没人，我们稍事休息，吃了点馒头，又继续往前走。

这时，天已彻底黑了，到处白茫茫的，路基也没有了，我们只有顺着电线杆子走。又开始刮风下雪，地上的积雪也越来越深，已经没过了大腿，走起来非常艰难，许多地方我们都是爬着过去的。雪坑里的雪有一两米，如果掉进去，要费很大功夫才能爬出来。

班长说，我们这样走不行，一是耽误时间，二是会掉进雪坑里，很危险。我们爬上一根电线杆，看看电话通不通。

他说着就往一根电线杆上爬。电线杆结了冰，很滑，爬不

上去。班长蹲在地上，让罗强踩着他的肩膀，又让我踩着罗强的肩膀，陈卫星扶着我们，以免被风刮倒。折腾了半天，我才爬上去，接上电话，却打不通。电线上有冰，粘手，一拉一层皮，但那时我已经被冻麻木了，也不觉得疼。

我们只好顺着电线杆继续往前走。

天快亮的时候，我们已经筋疲力尽，实在爬不动了。棉袄、棉裤里全是汗水，外面沾满了冰雪。趴在雪地上刚休息了一会儿，棉袄、棉裤就被冻住了，像盔甲一样，硬得如铁似钢，动都动不了，爬也爬不起来。班长就用枪托砸自己身上的冰，砸开了，爬起来，又帮我们砸。我们不敢再休息，继续往前爬。爬一会儿又冻住了，身上的冰雪越滚越厚，死沉死沉的，腿都打不了弯，前进的速度特别慢。

班长说，照这样的速度前进，我们非冻死在雪地里不可。

他让我们把棉袄、棉裤全脱了。脱又脱不下来，全冻住了。就拿枪托砸，把冰砸碎，然后一人坐着，一人抱腰，一人往下拽棉裤，这样才相互脱下来。谁的棉袄、棉裤谁背着，班长还背着枪，我们继续往前爬。这样爬起来倒是快，但是只穿着绒衣，冷得够呛，那风跟刀子一样，嗖嗖的，直刮骨头。

我们实在爬不动了，就坐下来休息，又不能坐时间长。浑

守望天山

身哪儿都疼，手像冻没了似的，一点不听使唤。那时真是喊天天不应，叫地地不灵。班长冲我喊，快起来，赶快走，坐下来等于等死。我说，班长，我实在爬不动了，你就把我放这里吧，你们走吧。班长说，不行，绝对不能把你一个人扔下，我背也要把你背出去！我哪能让班长背着走呢？只好咬着牙继续往前爬……

就这样，我们在雪地里又爬了两天两夜。

第三天早上，我们爬到一处山坡上。这里距离目的地还有八公里，大家都坚持不住了，倒在了雪地上。班长用颤抖的手拿出了最后一个馒头。我们每个人心里都明白，这个馒头意味着生死存亡，谁吃下了，谁就有可能活到最后。馒头外面的皮已经磨没了，看上去烂糟糟的，但是我们四个人的眼睛都盯着那个馒头。一路上，馒头都由班长掌握、分发。大家饥肠辘辘，谁都想吃。说实话，我当时真想一口把它吞下去。

班长看了我们每人一眼，举着那个馒头说，我们就剩下这最后一个馒头了，我和罗强同志八天前刚被批准为预备党员，陈卫星比陈俊贵兵龄老，所以我建议，这最后一个馒头让新兵陈俊贵同志吃。大家有没有意见？

罗强说，我没意见。

陈卫星迟疑了一会儿说，我服从班长的决定。

我说，我不能一个人吃，要吃大家一起分着吃。

班长说，就一个馒头，大家分着吃，对谁都没有用，就这么决定了！陈俊贵，我命令你把馒头吃下去！

说良心话，当时我真饿啊！班长把馒头递给我，扭过头去。罗强也跟着扭过头去。陈卫星没有转身，看着我。我背过身去，三口就把馒头吞了下去。

等我转过身来，陈卫星瞪着我，意思是班长让你吃，你还真的一个人吃了！你怎么这么不懂事！那时我才开始后悔，后悔不该一个人吃了那个馒头。但是馒头已经落进肚子，后悔也没有用。这个救命馒头后来成为我心里永远的悔恨。

班长见我吃了馒头，冲我笑了笑说，很好，我们继续前进。

雪仍在下，风很大。但白天比夜里强多了，能看见方向，也没有夜里冷。只是我们每走一步仍要使出全身的力气。谁走在前边，谁付出的力气最大，因为是逆风，前面的人给后面的人挡风。谁在前面？还用说？当然是班长。班长让我走在最后边。

我们走到中午的时候，班长突然倒下了。

跟在班长后面的罗强喊，班长，你怎么啦？

我们几个人爬过去一看，班长趴在那里，半个脸都埋在了雪里。我们把他翻过来，他一脸的冰雪。当时我没想到班长会死，

守望天山

以为他是太累了，躺下休息一会儿，喘口气就好了。班长闭着眼，不吱声。我摸摸他的脸，冰凉。但他的鼻子还在喘气，说明他还没死。

罗强说，陈俊贵，你在这里守护班长，我和陈卫星去找点柴火给班长取暖。

可是，漫山遍野都是雪，哪有柴火？连一根草都没有！罗强他们走了几步又失望地回来了。

我们呼唤班长的名字，班长就是不睁眼。我害怕极了，但我没有哭。不知那时为啥就没有哭，也许是脑袋被冻木了。班长躺着，我围着班长转圈，不知如何是好。班长终于醒来了，我跪在他身边，他脸上全是雪，我替他抹去，很快雪又落满了。

班长对罗强说，你们继续走，别管我，我不行了。你们一定要完成任务！

他又把目光转向我说，陈俊贵，如果你能活着出去，将来到我湖北老家去看看我的父母。

我把他的头抱起来说，班长，你不会死的，我们背你出去。

班长没有说话，闭上了眼睛。

我感觉他的头越来越重。

班长死了。他的身子很快就冻硬了。

这时我才哭出了声。我跪在那里,呼喊着班长。他一动不动,雪很快覆盖了他的脸。我用手拂去班长脸上的雪,把自己的棉衣盖在班长的脸上。我不想让班长冻着,也不想让老鹰啄伤班长的眼睛……

我们朝天鸣枪,为班长送行。

任务还没有完成,我们必须继续往前走。我们一步一回头。走了一会儿,三人不约而同又返回来,幻想着班长刚才是睡着了,希望能看见班长奇迹般地醒过来。但是班长身上很快落了一层雪,已经看不见他军装的颜色。

我们也不知走了多久,走着走着,罗强又倒下了。我们已经失去了班长,不能再失去罗强。我和陈卫星背着罗强走。一个人背,一个人在后面提着他的腿。可是我们俩也没多少力气了。后来罗强牺牲了,我又背着陈卫星走。背着,走着,我就昏了过去。后来,一位哈萨克老牧民救了我和陈卫星……

班长郑林书和副班长罗强被追记二等功。《解放军报》还专门介绍了他俩的事迹,文章的题目我还记得,叫《短短预备期,青春放光彩》。意思是他们俩入党才八天,就为国家献出了年轻的生命。

陈卫星的左脚脚指头全被冻掉了,被评定为二等甲级残废,

守望天山

执行任务的四名战士

后来退伍了。

我的右腿大腿上的肌肉被冻坏死，陆陆续续在医院住了三年，被评定为二等乙级残废。1984年年底，我复员回了辽宁老家。

我一直记着班长牺牲前给我说过的话，想去湖北寻找班长的父母，可是我和班长仅仅相处了三十八天，他家具体地址我不知道，上哪儿去找？我退伍后给部队去信打听班长家的具体地址，信都被退了回来。1983年秋天，独库公路竣工后，部队就撤离了天山。有人说部队撤销了，有人说编入其他部队，到别的地方修路去了。从此，我与老部队彻底失去了联系。我向以前的战友打听班长的老家，他们说班长的老家搬迁了，我就更无法寻找了。

但是我想,终有一天我要找到班长的亲人!

快乐的日子里,我把班长忘了

我退伍回到了我们辽中县。像我这种情况,立过功,又是残疾军人,按规定可以安排工作。我想到公安局当个民警,民政局长说,你有残疾,遇到坏人你都自身难保,咋当民警?不合适。他说,这样吧,你去电影院放电影吧。我一想,放电影也好啊,我们在天山看一场电影多难啊,现在可以天天看电影了。

说是放电影,其实我只负责倒片子。放电影是老王的事。老王说,咱们电影院八个人,就你和我是党员,我负责放电影,你也别光倒片子,你给咱负责收门票吧,你是党员,责任心强。我说好。倒完片子,我就去门口收票。

收票是个相当体面的活。没过多长时间,几乎全县城的人都认识了我。我的故事也在县城传开了,有人说陈俊贵当过特种兵,在天山执行过特殊任务,负过伤,立过功,是个英雄。县城里那些穿喇叭裤、提三洋收录机的地痞也不敢惹我,见了我老早就打招呼,点头哈腰地递烟。

听到这些传言,我很不好意思,就给人讲我们那次执行任

守望天山

务的真实情况。

有人说，你们一共去了四个，冻死了俩，另一个脚指头冻掉了，为啥人家冻死了，你没有冻死？你是不是没去啊？

有人说，我看你走路好好的，是不是真的有残疾？

我很难回答这些问题。但是日子一长，就没人关心这些事了。

人们后来关心的是我能不能不要票放他们进去看电影。在电影院收票也算有点小权力。收不收票我说了算。老战友来了，不要票，进！老同学来了，不要票，进！买不起票的学生来了，不要票，进！当然，文化局领导的亲戚来了，也不能要票，进！那时我算是彻底明白了，权力这玩意儿就是好，难怪好多人挖空心思想当官呢。我有生以来第一次拥有了权力，也是唯一的一次。

我跟你说吧，我活到五十岁，那是我最开心的一年，最风光的一年，是我最快乐的一段日子。刚开始，我还经常想起天山，想起老班长，但是后来快乐的日子多了，我就渐渐把雪山上的班长忘了。尤其是我遇到了一个姑娘后，忙着谈对象、结婚，更是把班长忘得一干二净。

现在想想，我真不是人！

电影也不是天天放，即使晚上有电影，白天也没啥事。没

事的时候，我就一个人骑着自行车满大街转悠，看看哪个单位有漂亮的姑娘。干啥？找对象呗。工作有了，我就想有个家。那时我已经二十五岁了，总不能一直这样"一人吃饱全家不饿"吧？也该正儿八经成个家了。还有一个原因，民政局领导说了，只要你成家了，我们就给你分房子。就是为了能分到房子，我也得赶紧成家。

你也别笑话我，咱一个退伍老兵，一个残疾军人，在县城又没啥亲戚，谁给咱介绍？不这么找咋找？

以前，也有人给介绍过一个。一见面，女方家人说，你家在农村无所谓，你长得黑点也无所谓，你当过兵吃过苦也是好事，你放电影虽说不算个啥技术，但也是份正经工作，可是听说你在部队负过伤，会不会影响今后的生活？人家说，我们再考虑考虑。这一考虑就没了下文，肯定是嫌我残疾。

没办法，我只有自己给自己找媳妇。哪个单位姑娘多，我就往哪儿转悠。

你还别说，我骑着自行车这么转悠来转悠去，还真遇到了一个好姑娘。她叫孙丽琴，在我们县征稽站收养路费，是一个合同工。那天，我转悠到她单位，她正坐在那里收费开票。她十七八岁的样了，长得不算很漂亮，穿戴也不像城市姑娘，没穿喇叭裤，看

49

上去很朴实，但干净利索；个子也不高，但身材好，还留着一根大辫子。我一眼就看上了她。这不就是我要找的人吗？就是她了！

可是咋跟人家搭话呢？我总不能冒冒失失走过去，对人家说：我看上了你，你嫁给我吧。那肯定会遭骂。第二天，我去找老战友王爱民。他比我退伍早，给单位开车，经常到征稽站去办事，跟那里的人熟。我让王爱民去给那姑娘说。没想到事情很顺利，一说就说成了，见了几次面后，姑娘就同意嫁给我。

一个月后，我们结了婚。民政局说话算话，给我分了两间房子。这样一来，我有了一个媳妇，在县城也有了一个属于自己的家。

一年后，我们有了一个儿子。

电影《天山行》让我寝食难安

1985年10月，我第一次看到电影《天山行》。

看过之后，我就开心不起来了，开始想念班长，想得心口疼。从那时起，我就有了重回天山，为班长和牺牲的战友守墓的念头。

当时我媳妇已经怀孕八个月了，我每天倒好片子，收完票，

也不看电影,就急急忙忙跑回家伺候媳妇。那天,我像往常一样,稀里糊涂倒完片子,连电影名字也没留意看,把门票收完后准备回家。我进去拿东西,电影已经开演了,片头里八一电影制片厂的红五星一闪一闪地放着光芒。我想肯定又是战斗片。那时年轻人对战斗片已经不像在六七十年代那么喜欢看了。大伙儿说,看不看也知道结果,都是日本败,中国胜;国民党败,共产党胜。那时爱情片刚出来,年轻人特别喜欢看。所以我更没留意。

可是当我刚要走出影院,不经意一回头,咦,电影上的地方咋这么眼熟?我站在那里看了一小会儿,越看越像我们天山。

我急忙跑回去问老王,今晚放的啥电影?

老王说,你倒的片子你不知道?

我说,我没注意。

老王说,《天山行》。

我说,我的娘啊,真是我们天山!

我激动得手直哆嗦,对老王说,电影上演的就是我们部队!

老王疑惑地看着我。

我抓住老王的手说,真的,我不骗你,我一眼就看出来了。

老王也很激动,说,那你还不赶快去看?

我坐到观众席里,认真地看起来。那里面演的不就是李善

守望天山

国的故事吗？那个男主角郑志同，不就是李善国吗？我很激动，心儿怦怦跳。故事很感人，我边看边流泪。我真想站起来朝黑压压的观众喊，电影里演的就是我们部队！电影上的那些人就是我以前的战友！但是我只顾流泪。我那时的感受很复杂，有点像外出多年的儿子终于找到了家的感觉，但又不全是。

当天晚上，在回家的路上，我脑子里全是电影里的画面和班长牺牲时的情景。想起班长，我心里很难受，脑袋昏昏沉沉的，浑身没有一点力气。我感觉很疲劳。

媳妇问我，今天咋回来这么晚？

我说，没啥事，就是有点累。

我一个人坐在那里抽烟。当时我不会抽烟，收票时别人塞给我的"大生产"我从来不抽，回家随手扔在抽屉里，准备家里来人时拿出来招待。可是那天不知咋整的，突然就特别想抽烟。从那以后，我就抽上了烟，现在一天至少一包，心烦的时候得两包。

媳妇看我有点不对劲，问我，你咋的啦？

我说，没咋的。

她说，你肯定有事，你平常不抽烟啊，今天咋抽起烟来了？

我没说话。她马上就要生孩子了，见我把屋子弄得乌烟瘴气的，很生气，把烟一把抢过去，扔在了地上。我还是没说话，

捡起来又接着抽。

她说,你到底咋的啦?

我说,今天放的电影是《天山行》,演的就是我们部队。我想我班长了,心里很难过,很烦。

她就不吭声了。

结婚前,我就给她讲过班长的故事。她是个好女人,很善解人意。

我说,班长牺牲的时候,让我去湖北老家看看他的父母,可是我回来一年多了,到现在还没有去,我真不是人!

她说,你不知道具体地址咋去?

我说,关键是这一年来我几乎把班长忘了。这是人做的事吗?我现在老婆有了,家有了,孩子也马上就有了,可是班长呢?他现在还躺在雪山上……

那天晚上,我抽了两包烟,早上起来嘴上都起了泡。

我决定重回天山,为班长守墓

第二天,我对县城里的几个战友说,昨晚放的电影《天山行》演的就是我们部队的事。几个战友一听很激动,让我晚上一定留

守望天山

几张票，大家一起看。我说片子下午就要被别的县拉走了。战友们说，这么点事你都办不了，还在电影院混？我去找老王，说我们几个战友想看一遍《天山行》，老王很痛快地答应了，中午专门给几个战友放了一场。

看完电影我请客，大家喝了不少酒，战友们都流泪了。有个战友说，陈俊贵，这辈子你要是忘了你们班长，你就不是人！战友说这话的那一刻，我突然做出了一个决定：去天山给班长守三年墓。

晚上回到家，我把自己的想法给媳妇说了。媳妇半天没说话。我说，我去为班长守三年墓，三年后回来咱们好好过日子。我媳妇想了很久才开口说话。她说，人就应该知恩图报，我同意你去为班长守墓，但是要等孩子生下来你再走，我跟你一起去。我说，你就不用去了，天山很苦，你受不了。她说，嫁鸡随鸡、嫁狗随狗，你走哪儿我跟哪儿。我很感动。她还说，从现在开始，我们就要多挣钱，少花钱，准备一点路费，再说将来有一天你去湖北找班长父母也需要花钱。

那一夜，我们一直盘算到天亮。

自从我们决定去新疆后，就开始节约钱。我们东北有一种汽水，一瓶三毛钱，我媳妇特别爱喝，尤其是怀孕以后，几乎天

天都要喝一瓶。可是从那天开始,她不喝了。我也戒了烟,本来刚开始抽,烟瘾就不大,很好戒。别人给我的烟,我就悄悄拿到小卖部卖掉,能积攒几毛钱。

儿子出生三个月后,也就是第二年春天,我们准备辞职去新疆。

我给朋友说我要辞职去新疆,为班长守三年墓。朋友不信,说,你是不是下海挣钱去呀?当时刚流行下海,大家都想着挣钱,想当"万元户",没人相信我辞职是为了报恩。朋友说,守三年墓回来,工作没了咋办?另外,你媳妇马上就要转正了,你们去了新疆,她这几年不就白干了吗?

我去找我们电影院老王。老王说,陈俊贵,你现在的工作是在部队用命换来的,容易吗?咋想辞就辞了呢?你想报恩何必去新疆守三年呢?我告诉你吧,每年春节、清明的时候,你买点纸钱,然后到十字路口烧了,边烧边念叨你班长的名字就行了,他也能知道你心里在想他。我说,不行,我良心过不去,我必须去。老王说,你真是个死脑筋!

我去找我们县文化局局长。局长在二炮当过兵,转业时是正连。我讲完我和班长的故事,说了我的想法,局长很感动,说,陈俊贵,你是好样的!做人就应该这样!我支持你!只要我不退

55

休，不管你去几年，电影院的工作我都给你留着！他听说我媳妇是征稽站的，又说，征稽站的主任是我老铁，我打电话过去，让他先给你媳妇转正，然后把她的工作留着，一直等你们回来！

就这么着，我们瞒着家里人，悄悄上了火车，来到了新疆。

为啥守满三年没回家？当时主要是生活艰难，没有路费；再一个是我们在天山也慢慢习惯了，离不开那些烈士，感觉他们就是我们家的成员；还有一个，我们当时住在坟地旁边的地窝子里，身上穿的全是过路的人给的，破破烂烂的，连捡破烂的都不如，回去怕人家笑话。

三年时间满了，我没有提这个话题，有意躲着。我媳妇也没提。她那人爱面子，很要强，但是心强命不强。她不想让家里人知道她在外面受这么大苦。所以大家都装糊涂，就这么一年又一年，熬过来了。

后来生活条件好点了，攒够了路费，可是父母相继去世了，就不想回去了。现在，我感觉天山就是我的家，烈士们就是我的亲人。你不是说嘛，我的口音都带着维吾尔族和哈萨克族的味道。我现在是一个纯粹的新疆人了。

这二十四年是咋过来的？熬过来的呗。但是再咋熬，再咋苦，也不能跟班长和陵园里这些烈士比。起码我还活着。我能活到今

天,就已经足够了。好了,不说这个了。你想知道的,等会儿我媳妇说给你听。

我这人一喝完酒,这条残腿就发痒,坐不住,必须出去走走才能缓过来。但是一天不喝点又不行,腿疼。今天你来了,我们喝伊力老窖,平时我不喝这个,太贵,哪儿喝得起啊。平时我喝的是几块钱的用雪莲泡的药酒,喝一点,出去转一圈,回来再往腿上抹一点,腿就不疼了。等会儿吃完饭,我去墓地清雪,你跟我媳妇聊。说实话,我能在天山守到今天,真得感谢我媳妇。

好了,咱不整没用的。接下来,我给你说说去湖北找班长父母的事情吧。其他事可以不说,但这个事必须说。说一说,我心里痛快。

我终于找到了班长的亲人

你问我咋知道班长家的具体地址?这事说来也巧。我儿子不是在当兵嘛,他在乌鲁木齐参加集训,快结束的时候,有一天上街看见几个武警战士,戴着"交通"臂章,想起我以前的老部队是基建工程兵,筑路兵。交通武警?不就是修路的部队吗?他就过去问那几个战士。这一问还真是我以前的老部队。

守望天山

部队当年没有解散，改编成了武警交通部队，我们以前的基建工程兵第十二支队就是现在的武警交通二总队，总队机关就在乌鲁木齐。

儿子把这个好消息告诉了我。我家哪有电话啊，儿子把电话打到了邻居家。那时我们早就不住地窝子了，新源县政府已经让我们搬到了那拉提，给我们上了户口，还给我们分了地。一听到这消息，我高兴得哭了，一夜没合眼。我可找到老部队了！那心情，就像闺女找到失散的娘家人一样。关键是，找到部队我就可以打听到班长家的具体地址，我就可以去找班长的亲人了。

这是2005年10月份的事。

我给总队打电话，总机转给了政治部的韩敬峰干事。他一听这事也很激动，说马上给领导汇报，跟湖北那边联系。几天后，韩干事打来电话说，政治部徐升主任对这事特别关心，指示要想尽一切办法找到烈士的亲人。湖北那边已经联系上了，他陪我一起去湖北寻找班长的亲人，第二天就过来接我。二十多年了啊，终于有了班长亲人的消息，那种激动的心情你都无法想象。

当天下午，我去了墓地。烈士陵园没建起来以前，班长的墓地在兔耳根乡，在原新疆野战军一五五医院后面两公里的山坳里。我跪在班长的坟前，眼泪唰唰地流。我说，班长，老部队没

有解散，还在，我已经找到了。你老家也找到了，我明天就去看望你父母。班长，对不起，二十年了，我才去看望老人，你能原谅我吗？可是我实在没办法，你老家搬迁了，我找不到啊！班长，你要是想回家，就跟我一起走吧，咱们回家去看看……

那是我二十年来，第一次轻松地给班长上坟。那天尽管我流泪了，但是心里特别高兴。因为我就要见到班长的亲人了，就要完成班长牺牲前留下的遗愿了。

第二天，韩干事来了。当时我儿子集训结束，第二天就回来探家了。儿子当了四年兵，这是第一次探家。说实话，我也想儿子，想看看他这四年长成啥样了。但是我不能等儿子回来，我必须走，马上就走，一刻也不能耽误。班长的父母等待了我二十年，我四年没见儿子算个啥？

我们到了乌鲁木齐，坐飞机去了湖北。我还是第一次坐飞机。我的心早就飞到湖北去了，比飞机还要快。我想象着见到班长父母的情景，想该对老人说点啥，怎样向老人讲述班长牺牲的经过。我想，见了老人，我一定要跪下对老人说，班长走了，我就是您二老的儿子，我给您二老养老送终！我还想，我现在多幸福啊，班长别说坐飞机，见都没见过飞机。这么想着，我心里就特别难过。

到了湖北，天已经黑了，我们只好住下来。我一宿没有合眼。

59

守望天山

第二天，我们坐车赶往罗田县。到了罗田县，找到民政局，民政局的人查了档案说，有这么个烈士，叫郑林书，他家原来在古庙乡，多年前由于国家修水库，早搬迁了，也不知道搬到哪里去了，你们先去古庙乡找找看。

我们找到古庙乡，到处向人打听，所有人都摇头，说没有听说过有个叫郑林书的烈士。我就给人讲班长的故事，人们很感动，许多人都落泪了，说一定帮我找到班长的家。在当地群众的帮助下，一直到黄昏，才有了一点眉目。有人说有一家姓郑的，可能搬到白莲花乡去了。

那时天已经黑了，那里离白莲花乡还有很远，我们只能第二天再去。不过已经有了线索，而且我的双脚已经踏在了班长当年曾经踏过的土地上，心里踏实多了。

这么多年一直想来，现在来了，马上就要见到老人了，可是我心里又害怕见到老人。老人要是问我，陈俊贵，你和我儿子一起去执行任务，你回来了，他咋没回来，是不是因为我儿子把最后一个馒头让给了你，你才活了下来，那最后一个馒头你当时就忍心一个人吃了，我咋说？

我这么一直胡思乱想，又是一宿没闭眼。

第二天早晨，我们没有吃饭，急急忙忙赶到白莲花乡。乡

党委书记和民政干事听了我们的介绍后说，当年确实有一位在天山修路的烈士，姓郑，但是好像他父母早就去世了，他姐姐和弟弟还在。我一听这话，脑袋"嗡"的一声。我来晚了，老人已经不在了。但心里又有点侥幸地想，也许乡里干部记错了，他们只说"好像"，说不定班长的父母还健在呢。但愿他们还在吧，也好圆了我的心愿。

乡干部带我们找到了班长的姐姐。她五六十岁的样子，看上去很憔悴。知道了我们的来意，她惊讶地张大了嘴巴，半天说不出话来，过了好一会儿才哭出声来。我说，大姐啊，我来晚了，对不起你们啊！我与大姐抱头痛哭……

大姐告诉我说，班长的父亲在他参军第二年就去世了，家里怕影响他的工作，就一直没有告诉他。母亲是2003年去世的，去世时一直念叨班长的名字。

我要是早来三年，就能看见班长的母亲了。我真后悔啊！

大姐带我们来到班长父母的坟前。

我跪下来，对着坟墓说，老人家，对不起，我来晚了！我没有实现班长牺牲时的遗愿。老人家，你们放心，在我有生之年，我要一直守护班长！

我给老人烧了纸，磕了三个响头，就回了大山……

守望天山

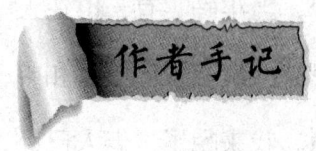

陈俊贵抹了把泪,说:"今天见到老战友,我的话特别多,也特别容易掉泪。好了,不说了,吃菜吃菜。"又对在一边忙碌的妻子孙丽琴说:"菜凉了,你给热热。"孙丽琴也不说话,端了盘子去热菜。

吃罢饭,陈俊贵说:"老党,我这伤腿坐不住,得去墓地转转,你坐着烤火,跟我老婆唠唠嗑。她可是有一肚子委屈,让她往外倒倒,畅快。可是有一条,她埋汰我的话你可别信,这娘们儿对我意见可大了。"

说完,他一笑,独自走出屋门,扛着雪铲上了墓地。

二、陈俊贵的妻子:孙丽琴

采访陈俊贵的妻子可不是一件容易事。她说话声音很小,又

四十三岁的孙丽琴,头发全白了

不善言谈。她满腹心思，才四十三岁，可头发几乎全白了，看上去，好像头上顶着一座雪山。那雪山圣洁而沉重，让我肃然起敬。

她十九岁跟着陈俊贵上天山，一守就是二十四年。她把一个女人最好的时光献给了天山，而且还要继续陪伴丈夫守下去。她当初真的像陈俊贵说的那样，心甘情愿来到新疆？是什么力量让这个看上去如此羸弱的女人坚守了这么多年？漫长而孤独的岁月里，这个苦命的女人到底积攒了多少苦水？她的心底到底蕴藏了多少不为人知的秘密？

她越是不善言谈，我越想跟她聊聊。

果然，跟她一开始聊，她的泪水就涌了出来。好像那些苦水早就在那里等着，满满当当的，一句话就让它们奔涌四溢。我们聊了两个小时，许多时候我们的谈话会被她的哽咽和泪水打断……

下辈子，我不会再嫁给他

你别听我们家那人瞎吹！

我当时根本就没看上他。他天天缠我，撵都撵不走，我没办法才嫁给他的。当时还有几个人追我，都比他条件好。他这么

一缠,影响出去了,别人就不追了。我父亲早去世了。我母亲看他心眼好,脾气也好,就同意了。他脾气确实好,不管我咋说他,他就是个笑。如果让我现在选择,我肯定不会选择他。

他经常拉我去看免费电影,弄得单位人都知道了。我这人爱面子,既然大家都知道了,说他是我对象,我就只好嫁给了他。女人嫁人太重要了,嫁一个人就等于嫁一种命。嫁给他,我等于嫁给了黄连。有时候他开玩笑说,下辈子我还娶你。我说,没有下辈子,就是有下辈子,我也不会再嫁给你。

下辈子,我要好好当一回女人,把该享受的都享受到。最起码,我得给自己买个金戒指、金项链啥的。

当时咋结的婚?很简单。那时我十八岁,还没到结婚年龄,不知他咋整的,人家就给我们扯了结婚证。他残疾的事,倒没有骗我,实话告诉了我。我也不知道那时咋整的,谈了一个多月,就稀里糊涂嫁给了他。我那时年龄小,可真傻。

我们结婚的时候,没有多少钱,买了一个木箱子、一个炕上用的那种四角柜、一个"白山"牌的自行车、一台缝纫机,还有一个座钟,其他就没啥了。三转一响?没有。对了,他还买了个收音机,说是要听国家大事!我说,你一个退伍兵,听啥国家大事?他说,这你就不懂了,因为你不是党员。我们结婚一共花

守望天山

了六七百块钱，有一部分钱还是我拿的。我们摆了一桌，叫了几个战友，他战友王爱民端着酒杯说了两句，我们就算结婚了。

有一点他说得没错，是我自愿跟他上新疆的。你都嫁给了人家，人家上哪儿你不得跟着？当时咋离开家的我已经记不清了，好像把钥匙交给了邻居，让人家帮我们看门，说我们三年就回来。谁想到这一走，就再也没有回过东北老家。我记得离开东北的时候只带了四五百块钱。钱我管着，掖在儿子的小棉袄里，怕路上丢了。那时车费便宜，我们从沈阳到乌鲁木齐，一张票才七十多块。

到了北京，我们下车中转，他想带我看看北京，坐坐地铁，说那地铁是他当年修的。我们还去了毛主席纪念堂，我抱着儿子进去看毛主席，他老人家躺在水晶棺里，还是那样慈祥，跟睡着了一样。我们一家三口，在天安门照了张相。他还带我参观了人民大会堂。他在那里买了两条印有"人民大会堂"的烟，一条好像十五块。他说一条给班长抽，一条到新疆办事用。他自己舍不得抽，还抽几毛钱的烟。

他说北京的烤鸭好吃，要带我去尝尝。其实他也没吃过。到烤鸭店一问，太贵，半只我们也吃不起。他还硬撑，说，来半只给你和孩子尝尝。我说，尝完了路费咋整？算了算了，走吧，

我们看看,知道烤鸭长啥样就行了。我爱吃饺子,走吧,你带我吃饺子去吧。他就带我在火车站附近吃了顿饺子。那饺子真大,全是肥肉,真解馋。吃完饺子,我们又上路了。

火车过了西安,孩子病了,重感冒,咳嗽,不吃,光吐。我们又没带药,这可咋整?旁边的小两口去北京旅行结婚回新疆,是独山子油田的,一听我们家那人以前修过天山公路,哎呀,那个热乎劲,一路上净给我们东西吃。见孩子病成那样,小两口说,你们去找列车员嘛,拿点药,或者让列车员在火车上喊一下,看看乘客里有没有医生。

我们家那人拿了残疾证去找列车员,人家还真在广播里喊了,不一会儿就来了个医生,说孩子感冒挺重的,可能是肺炎,光吃药不行,得赶快输液。车到了天水,列车长给我们签了字,让我们下车先给孩子输液,坐下一趟车再走。

我们在天水给孩子输了两天液,稍微好点,又继续赶路。孩子一路上还是咳,车上的人知道我家那人是伤残军人,都把好东西拿出来给孩子吃,让我很感动。那时候,我才感觉到残疾军人的价值。

我们下了火车换汽车,又走了三天,才到了新源县。他拿着残疾证去找民政局,说想给牺牲了的战友守墓。民政局的人对他说，你不忘本，知道感恩，是个好同志，我们支持你，但是当时部队撤走的时候没把墓地交给我们地方。这样吧，我们给那边农场的领导说一下，以后有什么困难，你们可以找他们。人家就写了一封信，让我们去找农场的一个民政干事。

那时候，墓地那片草场已经分给了牧民，我们要想守在墓地，就得跟牧民商量。第二天我们去找农场的民政干事，干事把场长叫来了。场长是哈萨克人，很热情，说，牧民那边我们做工作，你们可以在墓地盖房子，种点粮食种点菜。

第二天，我们找到墓地，祭奠了他的战友。那里坟墓很多，有的墓碑已经坏了，有的已经倒了，看上去真是有点凄凉。我们家那人说，看来我们来对了，不能让烈士们寂寞，受委屈，我们得整理墓地，守着他们。

他掏出从人民大会堂买的烟，给班长点了三支，给罗强点了三支，给杨波点了三支。杨波是谁？我以前也不知道，后来听我们家那人说，杨波是沈阳市人，当兵前在我们辽中县下乡当知青，跟他同一趟火车到了天山。就在他们四人执行任务出事之后二十天，杨波在施工中被石头砸死了。

我们家那人点上烟，对他班长说，班长，我来看你了，以后你就不会寂寞了。

我四下里打量，我们住哪儿呢？那时是三月份，天山还很冷。我们两个大人还好说，可孩子病还没好，这咋整？后来，我们在离墓地几公里的地方，找了一处废弃的破房子，暂时先住了下来……

我们在墓地边的地窝子住了九年

我们准备在墓地边搭个窝棚。

我们家那人说，这样离墓地近，修整墓地比较方便。可是方圆十几里没有人家，我们去哪里找材料呢？离墓地最近的地方是原来新疆军区的一五五医院，已经废弃了，我们就想去那里找找看。找到那里，有个老汉在看营地，是个甘肃人。我们家那人说了事情的来龙去脉，告诉老汉说，我们想在墓地那边盖个窝棚，想找点砖。老汉很感动，给我们找了一些塑料布，说那边菜地有一堵倒塌的墙，你们去那里扒，随便扒，别扒营房就行了。

砖有了，可是咋运到墓地？那里离墓地还有两公里，而且是上坡。我们家那人说，没别的办法，我来背。接下来的日子，我看孩子、挖野菜、做饭，他往墓地背砖。他一回背二十块，一天要跑七八趟。背回来的砖一部分修了窝棚，一部分修了战友的坟墓。

守望天山

被遗弃的原野战军一五五医院

半个月后,我们的窝棚搭起来了,他的衣服也早磨破了。我心疼他。他说,这不算啥,我们以前在山上修路,就是这样背石头,连长营长都背,大家的棉衣都磨破了,跟叫花子一样,但谁也不叫苦。

窝棚搭好那天,我给他做了一顿疙瘩汤。菜是野菜,好像是蒲公英。那天他吃得很香,一连吃了好几碗。他抹了抹嘴说,哎呀,我们终于有个家了。

可是这是啥样的家呀!一到晚上冷得够呛。风一吹,塑料布嚓嚓嚓,嚓嚓嚓,响个不停,听上去真是吓人。后面全是坟地,左一堆,右一堆,谁不害怕?我晚上都不敢出去解手,不敢抬头

瞅门口。他安慰我说，你别怕，他们都是我的战友，我们来给他们做伴，他们不会吓唬你。但是住了几个月，窝棚让一场大风掀了顶，塑料布被风吹得没了踪影。

我们就挖了一个地窝子，地上铺上砖，里面打上土炕，还搭了一个灶台，跟我们东北老家一样，与土炕相通，白天做饭时就烧热了土炕，夜里就不会冷了。但是一下雨，屋里都是泥巴，锅碗瓢盆都放在炕上接水。就是这样的地窝子，我们一住就是九年。那九年是咋过来的，现在我都不敢想，一想就头疼。

我们在附近的山坡上开荒种地，一共开了四五亩。第一年收成很不错，有苞米，也有菠菜和小白菜。十几里外有人种蓖麻籽，人家收完了，我去捡回来一些，用擀面杖、碗、勺碾碎，做饭的时候，往锅里搁一点，当油用。有一种叫麻子的野草，撸回来后搁锅里炒，擀碎，做饭的时候往里撒一点，算是调料。这样一来，吃饭的问题总算解决了。

我们干活的时候，孩子就在墓地里爬来爬去。墓地里有蛇，但是从来没有咬过孩子。我想，可能是他的那些战友在保佑孩子吧。

三年很快就过去了。说心里话，我真想回老家去。这三年我们过的是人不人、鬼不鬼的日子，确实很苦，我真想回去。可

守望天山

是我心里又很自卑。当时走的时候没给家里人说,现在像叫花子一样突然回去,我的脸面往哪儿搁?

一提起回家的事,他总是对我笑,也不说话。我知道他是不想回去,来的时候他答应我只待三年,又不好食言,所以啥也不说,就傻笑。有几次,我已经把东西收拾好了,准备走,可是朝墓地那边一看,心里又有些不好意思。

我也是有儿女的人,人心都是肉长的,人家的孩子十八九就牺牲在这里,那些父母是白发人送了黑发人,该有多痛苦!我不管咋苦咋累咋受罪,但毕竟我们一家五口在一起,三个儿女在一天天长大。可是人家的儿子早就牺牲了,就在那山坡上剩下了一个冰冷的碑子。人家孩子牺牲了,埋在这雪山上,孤零零的,

"我们住了九年的地窝子,就在这个地方。"

总得有人守着吧。大道理我说不出来，当时我就是这么想的。

在墓地待的时间长了，好像跟那些从来没见过面的烈士有了感情，有点分不开的感觉。我出去干活，不管干什么，心里总是空落落，有什么牵挂似的，说不出来的感觉。可是只要一回到地窝子，看到那片墓地，我心里就踏实了。我们走了，那些牺牲了的人待在这里多孤单啊！人家把命都扔在这里了，我们苦点算个啥？

再说，我也习惯了住在墓地的生活。好像那就是一个村子，他的战友就是我们的邻居。真想离开的时候，心里还真有点舍不得。后来他也不提回家的事，我也不提，一年拖一年，就这么一直待了下来，直到现在。

我们一家在墓地那边的地窝子里一住就是九年，我的女儿和小儿子都是在地窝子里出生的。唉，别提在地窝子生孩子的事了，想起来心里就难过。那不是人受的罪！别提了，有些事我都没法给你说，说不出口……

为了生存，我捡羊骨头卖钱

唉，我现在记忆力不行了，还经常失眠，整夜整夜睡不着觉，也不知道为啥。去年有个医生路过乔尔玛，来陵园祭奠，说我可能得了抑郁症。听说城里文化人容易得抑郁症，你说，我一个长年守在山上的女人咋就得了这种病？

睡不着咋办？抽烟呗。你别笑话我，也别写这事。

实话跟你说吧，三十多岁的时候我头发就全白了，那时我就学会了抽烟。有时一个人抽，有时他陪着我抽，俩人一晚上能抽两包。好烟抽不起，就抽两三块钱的，能冒烟就行。日子苦的时候，没钱买烟，就抽大黄叶子。山上有大黄，把大黄叶子采回来晒干，揉碎，用报纸一卷，就那样抽。虽然没啥劲，可是能冒烟。不抽不行啊，山上寂寞，无聊，不抽咋办？

我记忆力不好，但是有一件事我记得很清楚。

那是1995年春天，新源县的领导来墓地看我们，当时他正在地窝子前编筐，我在喂鸡。陪同的人说，这是我们县委刘书记，专门看你们来啦。

刘书记祭奠完烈士，对我们说，我上任时间不长，听说了你们的事，很感动。你们的娃娃都长大了，应该上学了，不能把娃娃耽误了。这里太偏僻了，很不方便。这样吧，你们喜欢附近哪个乡，就搬过去住，我给你们落户口，分地，你们一家从此就是我们新源的人了。你们好好想想，想好了告诉我，我让人马上给你们办手续。

刘书记的话让我们很感动。

是呀,孩子们一天天长大了,总得上学啊,不能一直待在墓地。刘书记走后,我们商量还是搬家好,对孩子有好处,但是又不能离这里太远,要方便过来修整墓地,看望他的战友。我们家那人说,还是搬到那拉提比较好,那里离天山公路最近,离墓地也不是太远。

几天后,我们家那人去了一趟县城,给县里领导汇报了想法。那时车费不贵,来回五块二毛钱,但对我们来说就挺贵的了。他没舍得在县城吃饭,回来的时候,给我和孩子们买了一个西瓜。那西瓜真甜,一家人吃得挺高兴,我现在都能记得那西瓜的味道。

这么着,我们就搬迁到了那拉提乡八大队三小队。

那时,那拉提的党委书记叫贾成,听说他现在是新源县电力局的局长。他很关心我们,让队里给我们划了房基地,分了土地。当时正经土地已经分完了,队里就在河坝山边给我们这里分一亩那里分三亩,零零碎碎的,加起来也有八九亩地。贾书记说,你们先种着,以后土地调整时再给你们补好的。

我们开始自己盖房。我们借来哈萨克人的拉拉车,两口子到河坝去捡松树枝,到山坡上去割草,拉土和泥,自己动手盖了一间土坯房,还盘了一个大炕。几年后又盖了几间。有了住的地

75

方，我们开始在地里种土豆。那时土豆每公斤八分钱，一年下来能卖几百块钱，可以买油盐酱醋，供孩子上学。

我们搬迁到了村里后，尽管条件比以前好多了，能吃饱饭了，但是日子还是苦。主要是没钱花。说句不怕你笑话的话，自从到了新疆，我们一家人从来就没有买过一件新衣服，我穿的全是当年从东北带来的做姑娘时的旧衣服。穿破了，补补再穿。实在穿不成了，我就东拼西凑改小了，给孩子们穿。

冬天下雪了，有的哈萨克人的牛羊冻死了，他们不吃死的牛羊肉，就给了我们。我们哪儿舍得吃呀，我们家那人就扛着牛羊腿，走街串户地去卖，卖给汉族人，卖个十来块钱，也是一笔不小的收入。

我也不能闲着，种完地，干完家务，就去捡破烂、捡骨头、捡酒瓶卖。村外山谷里的牛羊骨头比较多，我主要捡骨头卖钱。一公斤骨头四毛钱。夏天的时候，骨头上有味，就掉价了，两毛钱一公斤，有时人家还不收……

最困难的时候，我自杀过两次

我三十几岁的时候，三个月时间，头发全白了。嗓子哑得

一句话也说不出来。当时我都觉得自己完了，哑巴了。一个多月后我才能说出话来。

咋啦？日子艰难，愁得呗。

我是个女人，没有男人坚强。我们家那人很乐观，大大咧咧，再苦再累都能忍受，很少见他愁眉苦脸。我不行。女人爱面子，心眼小，容易想不开。实在熬不过去了，我就想一死了之。

我第一次想死，是大儿子上学的时候，因为交不起学费。那时，我们附近都是民族学校，要想到外村的汉族学校去上学，就得比当地孩子多交学费。我记得好像一个孩子一年四百块。对我们这样的家庭来说，这可不是一个小数目。

不瞒你说，因为没钱，孩子使的本子，正面写完写反面，反面写完之后，还要拿橡皮擦掉再写。写一遍，擦一遍，再写一遍，再擦掉。擦来擦去，把本子都擦薄了，稍不注意就擦出一个窟窿。看见同学扔了的旧本子，孩子悄悄捡回来，把空白的地方裁下来，一片接一片，用白线钉起来当本子用。看着孩子这么懂事，我心里特别难受。我觉得自己很对不起孩子，不是一个称职的母亲。

这都好说，关键是学费，让我头疼死了。交不起学费，学

守望天山

校就把孩子撵回来，不让上课。我就到村子里挨家挨户去借钱，转来转去，一块钱也借不上。没人愿意借给我，因为人家知道我还不起呀。我在前面悄悄抹泪，孩子跟在后面哭。

我原来在东北有好好的工作，有固定的工资，我要是不上天山来，我能有这么难吗？我一个女人家，出来借钱，看人家的脸色，连一点自尊都没有了。这么多年，我把别的女人没吃的苦都吃了，没受的罪都受了，我这是为啥呀？我想，人家是个女人，我也是个女人，为啥就该我遭这么大的罪？

我想不通，我就想到了死。

我死了，孩子咋办？当时我也想了。我死了，孩子还有他爸。我只要眼睛一闭，就不受这个苦了。现在想想，那时也挺自私的。我要是真的眼睛一闭走了，孩子们还小，肯定比现在还要苦。人家不是说了，幼年丧母，中年丧妻，老年丧子，是人生的三大不幸。但是我当时没这么想。我把孩子们哄出去玩，把绳子往屋梁上一搭，就把自己挂上去了。后来，我们家那人正好回来取东西，把我救下了。

第二次为啥事我记不得了，反正也是因为穷，没钱，我跟他吵了一架，委屈得不行，就去摸电线，想让自己电死。他跑过来，把电线扯断了……

我很心疼我那三个孩子。自从他们来到这个世上,就没享过一天福。我们苦也就罢了,让孩子跟着一起受罪,心里很不忍。

我们家孩子太懂事了。就说我那二儿子吧,现在在尼勒克念高中,今年考大学。我们两口子在乔尔玛守陵园,孩子一个人上学,自己做饭。孩子有一次说,妈,我咋觉得自己像个孤儿。说得我当时眼泪就下来了。

我这一辈子,最对不住的就是我那三个孩子。

后悔不后悔?说实话,也没啥后悔的。当时后悔,现在不后悔了。其实,我们家那人心肠特别好,很善良,我们穷是穷,但他对我和孩子很好,有啥好吃的先给我们娘儿几个吃。他也不容易,为了给战友守墓也吃了不少苦。你都看见了,他头发都快掉光了。现在想想,我也不后悔。后悔不后悔,这一生也快过去了。

我一辈子没戴过一件首饰

你问我刚才为啥不吃肉?别说我不吃肉,我们一家都很少吃肉。你看见没有?我们家那人也吃得少。今天是你来了,专门

守望天山

陈俊贵一家

准备了马肉。以前家里穷，没钱买肉，现在政府修了陵园，把我们家那人转成了正式职工，生活条件好了，买得起肉了，可是我们一家人的肚子已经不适应吃肉食了。

那时，衣服也很少买。最初几年穿的都是从家里带来的，这些年穿的都是别人给的。我身上这件衣服是我大儿子年前给我买的。他在你们部队六支队当兵，去年才从解放军调过来，跟着部队重回天山，正在改建天山公路，他们营房就在河对岸。他现在是二级士官，有工资。

我说，儿子，你给妈买十几块几十块钱的衣服就行了，攒

着钱供你弟弟妹妹上学,这一件两百多块呢,太贵了。

儿子说,妈,您辛苦了一辈子,该穿件像样的衣服了,您就穿上吧,现在来乔尔玛陵园祭奠的人多,您得穿体面点,别让人家瞧不起。

儿子的话,让我感动得直掉泪。

说句实话,这些年,我们家那人从来就没有给我买过一件衣服。很多年前只给我买过一个方头巾,很便宜,才几块钱。首饰?更不可能。我一辈子从来就没有戴过一件首饰。不是不喜欢戴,是我根本就没有。什么戒指、耳环、项链,什么也没有。金的没有,银的没有,就连铜的也没有。

是女人,都喜欢戴那些东西,这是女人的天性。我太喜欢戴了,可是我没有。有时进县城,看见大街上人家女人戴这戴那,浑身珠光宝气,闪闪发光,有的来陵园祭奠的女人也戴着各种各样的首饰,我就特别羡慕,心里也特别酸楚,特别自卑,都不敢瞅人家。人家跟我说话,我不敢离人家太近,怕人家看出我的寒酸来。我心里想,人家活这一辈子,咋那么幸福,那么潇洒?都是女人,我咋就这么穷酸?我为什么没有穿的,没有戴的,还有这么多的痛苦?

但我从来不在他面前说这些事,等会儿他回来你也别说,

守望天山

我不想让他知道。我女儿现在在乌鲁木齐上大学，小儿子在尼勒克上中学，马上就要考大学了，他们都得花钱，哪儿有闲钱买首饰？所以我从来不提，也不怨他。我就这命。

老话说，儿子要穷养，女儿要富养。家里穷，儿子不穷养也不可能。让我心里难过的是，女儿也得穷养。这些年，我记得只给女儿买过两次衣服。一次买的是一件黄上衣，三十多块钱。一次买的是一件蓝色的牛仔裤，二十几块钱。另外还买过一条项链。我没戴过首饰，不能让我的女儿也不戴首饰。但那项链是塑料的，两块钱。除此之外，我再没给女儿买过东西。

我们家那人有个老战友，叫李延九，在乌鲁木齐工作，他几乎每年都来给战友扫墓。他一来，就带一大包衣服，孩子们就争着穿。这些年，多亏了像他这样的好心人。伊宁有个老师，姓郭，听说了我们的事，专门跑到陵园来看我们。临走，把我女儿带到伊宁，给孩子买了一大包衣服，还给我小儿子买了T恤衫。现在我女儿身上穿的，就是那时人家给买的。

清华大学有个教授，叫李彩霞，前年夏天来天山旅游，路过乔尔玛烈士陵园，看见我们生活不容易，当时就答应资助我的小儿子陈晓刚上学，一年给寄一千块钱。现在增加到了一千五。我们很感激人家，就把自己从天山上采的蘑菇、雪莲给人家寄去，

人家不要,给退了回来。教授的母亲七十多岁了,今年非要把我小儿子接到北京去过年,还说要寄路费过来。我们怕麻烦人家,考虑到孩子马上要考大学,就没有让孩子去。我儿子打电话过去,对老人家说,奶奶,谢谢您,等我考上了大学,一定去北京看您。我的孩子挺懂事。

今年春节,女儿大学放假,从乌鲁木齐回来,想带着弟弟上山来跟我们一起过年。可是当时大雪已经封山了,路不通,他们姐弟俩只好在尼勒克过年。县民政局在那里给我们分了一间房子。初一早上,他们俩包好饺子,给我们打电话拜年。可是乔尔玛信号不好,我们家那人跑到雪地上,一会儿东一会儿西的,总算跟孩子们通完了话。他回来对我说,他在电话里听见女儿哭了……

你看,我颠三倒四地说了这么多,不知道合适不合适。我记忆力不好,好多事我都忘了。我就说这些吧。我们家那人快回来了,我得给他温温药酒,他一回来就得往伤腿上擦。好了,我们就唠这么多吧。你看行吗?

三、陈俊贵的大儿子：陈晓洪

六支队天山工程建设营地，就在乔尔玛陵园对面，中间隔着一条喀什河。河里结了很厚的冰，看不见水流，据说4月份才能解冻。陈俊贵说，夏天的时候，河水清澈，河边开满了野花，看上去很美。我无法想象喀什河夏天的模样，我看到的只是一条在夕阳下闪亮的冰河。

六支队的官兵跟另外三个支队的官兵一样，去年一起重回天山，承担独库公路改建任务。我到部队营地时，支队副政委束学忠和宣传干事廖振华也刚刚赶到，他们一是来指导部队进点，二是想邀请陈俊贵下山去给内地官兵上"当代革命军人核心价值观"教育课。副支队长李昭昕、教导员刘让平正在带着战士们保养维修机械，准备第二天用机械开路，让部队陆续进入工地。

几个战士正在院子里追一条狗，狗的嘴里叼着一只鞋。后来我才知道，那鞋是一个战士探家回来前刚买的，纯牛皮的。战士们开玩笑说，他们大队的狗冬天跟几个官兵留守在山上，太想吃肉了，看见皮鞋也不放过。

陈俊贵的大儿子陈晓洪就在追狗的人群里。一听我叫他，急忙跑了过来，"啪"地敬了一个标准军礼，一看就是军人的后代。他去年才从别的部队调到我们武警交通部队，为的是实现他爸的一个心愿：重修天山独库公路。小伙子干练挺拔，脸膛黝黑，目光冷峻，给我一种沉稳刚毅的印象。

我们坐在屋子里，烤着炉火，开始聊了起来——

我冲着我爸喊：你天天守着这些死人有啥意思？

小时候，给我印象最深的有两件事情。这两件都跟钱有关。

第一件事，是看到别的孩子买零食吃，我也想吃，就缠着我爸要钱。缠了很长时间，我爸很不情愿地给了我三毛钱。我当时那个高兴啊，跑出去买了一包饼干。我把饼干藏在书包里，一天吃一小块，吃了好多天。

守望天山

第二件事，就是我爸打我。

那时我上初中，青春期，特别逆反，天天跟我爸吵。为什么？我也不知道为什么，就是看见他烦，对什么都烦。我都已经上中学了，穿的衣服全是我妈穿剩下的，在同学面前特别没面子，心里特别憋气、委屈。不怕您笑话，我二十岁前从来就没有穿过皮鞋。当了士官以后，部队发了皮鞋，我第一次穿上都不会走路。当兵前我穿的鞋都是别人给的布鞋，而且，从来没穿过袜子，冬天也不穿，脚上全部是裂开的口子，走路很疼，天气一热，又痒得难受。

上高一的时候，我缠着家里买鞋，家里没钱买，我就跟我爸吵起来了。我冲他喊：你是一个不称职的父亲，你天天守着那些死人有啥意思？我爸"啪"地给了我一耳光。我从家里跑了出去，三天没回家。

我躲在同学家，听见我爸到处着急地找我，我就是不吭声，心里想：让你找去吧，谁让你不像人家父亲那么有本事！

要说我还有什么印象深的事，就是经常遭别人欺负。因为我穿得又脏又烂，又不爱说话，跟别的孩子格格不入。但在别人眼里，我很傲，不愿意跟他们交朋友。其实我有什么傲的？我那是由极度的自卑产生的极度自尊。他们经常在放学的路上截住我，

追着我打。他们人多,我打不过,就跑。所以,后来我在学校的运动会上赛跑总拿第一。

小时候,我感觉最难堪的事就是交学费。每次一到交学费的时候我就害怕。老师说,你不交学费,就别上课,回家拿钱去。老师不知道我们家有多困难,以为我想赖掉学费。

我们家跟学校不在一个乡。每次老师让我回家拿钱,我就在学校围墙外面转悠,能不回家就不回家。回家向家里要钱,我爸我妈坐在那里无言以对,说,你先去上学,我们想办法给你凑。就这样拖来拖去,半个月二十天才能交齐学费。

我妈为给我交学费自杀过?有这事?我不知道,一点也不知道。我那时很内向,有点自闭,不喜欢跟父母交流。

上中学的时候,我有两个愿望:一是考上大学,永远离开天山;二是将来有钱了给自己买一双球鞋,鞋底带疙瘩的那种。

可是我高中还没有毕业,我爸就逼着我当了兵。为啥?因为交不起学费呗。还有,他当过兵,认为男人还是有当兵的经历好。可我不这么看。他当兵也没当出个啥名堂来呀,倒当成了残疾,日子过得穷巴巴的。

我爸瞒着我给我报了名,硬把我从学校拉回来体检。我想,

守望天山

体检就体检,兵也不是那么容易当的,体检的时候我捣点鬼不就行了。可是谁知道我爸去找接兵的干部,说他以前当兵在天山修路,班长牺牲了,他跑到天山来为班长守墓二十多年。接兵的干部被感动了,把我列为特殊照顾对象,批准我入伍。

可是我不想去当兵,看见那身军装就烦。我爸给我穿上,我又脱下来。我妈哭了,说,儿子,妈实在供不起你们三个上学,你就去当兵吧,到部队好好干,将来给妈争口气。我心软了,这才穿上军装离开了家。

军车开动的那一刻,一车的新兵都哭了,唯独我没哭。

当兵后,我才理解了父亲

我入伍到新疆某野战师的一个高炮团。我们家的情况新兵连长知道,班长也知道。班长对我特别好,帮我叠被子,经常找我谈心,慢慢把我感化了。从那时起,我就决定在部队好好干。离开新兵连的时候,我特别舍不得班长。我这人从来不哭,但是心里一直在流泪。那时,我才知道什么叫战友情,才有点理解我爸跟他的班长之间的感情了。

后来,我被分到通信排,当了一名通信兵。我专业掌握得

很快,班长很喜欢我。第二年,我就被保送到教导队,参加预提士官培训。

考军校?想过。但是我高中没毕业,怎么考?其实我那时的想法很简单,觉得当个士官也不错,能挣工资,可以资助弟弟妹妹上学。

转了士官后,我把工资基本都寄回家去了,自己只留下很少的一部分。球鞋?不用买了,部队发的鞋就非常好,我还节省下来两双,寄给了我弟弟。

当兵就要当个好兵,一是证明自己的能力,二是为父母争口气。我在团里师里的军事比武中,都拿过名次。我立了一次三等功,还被师里评为"创放心岗位标兵"。

我第一次探家时,我爸去了湖北,我们父子俩在路上错过了。您说得对,我爸是去湖北寻找班长的亲人。我爸的老部队还是我无意中帮他找到的呢。

那天,我一进家门,心就凉了。家里还是以前那个样子,破破烂烂的,房子都有了裂缝。我妈坐在门口,手里拿个馒头,就着咸菜,正吃着。几年不见,她的头发又白了很多,一下子苍老得我都不敢认了。妈妈怎么这么苍老了?我嘴里叫了一声"妈",可是,怎么也迈不动腿。我妈慢慢从门槛上站起来,呆呆地看着

守望天山

我，看着看着，眼泪就流了下来……

后来，我爸从湖北回来了，我看见他也憔悴了很多，感觉很陌生，又很亲切，说不出来的一种感觉，很奇怪。我爸带回来部队首长赠送给他的《天山行》影碟，说让我们兄妹几个看看。我们家没有VCD机，就拿到别人家去放。看过之后，我们兄妹三个特别感动，为有这样一个爸爸感到骄傲。

休假期间，我爸带我上过一次山，专门到他当年战斗过的地方看了看。我长这么大，从来就没去过我爸以前战斗的地方。他几次想带我去，我逆反，就是不去。现在我也是军人，特别理解我爸这个老兵的心情，很愿意陪他去看看。

那里的环境确实很艰苦，10月份山崖上就已经挂上了一米多长的冰溜子，山上全是雪。那一次，我彻底理解了我爸。

回来的路上，我对他说，爸，我以前不懂事，对不起您。

我爸笑了，看了我一眼说，看来让你当兵是当对了。

假期满了，我真不想走，真想多陪陪已经苍老的父母。

去年，听说老部队要重回天山了，承担独库公路提升道路等级的施工任务，我爸激动得一夜没合眼。他找到总队领导，要求把我调回老部队，让我代替他参加重修独库公路的施工任务。总队领导多方协调，去年年底将我调了过来。

重回天山的武警战士们

守望天山

现在，我们大队担负着独库公路中段的施工任务。我一定努力工作，不给父亲和陵园里的烈士们丢脸！如果需要，将来我会接替父亲，守护这些长眠在天山上的烈士。

四、陈俊贵的女儿：陈晓梅

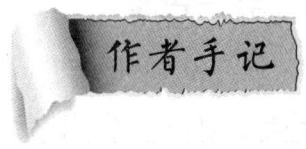

第二天，我离开乔尔玛，来到尼勒克县。

在尼勒克民政局"光荣院"的一间小屋里，我见到了陈俊贵的女儿陈晓梅。她放假回来，一直住在这里，给弟弟做饭。弟弟陈晓刚上学去了。半个月前，路通了，父母下山来买东西，他们一家得以团聚。

陈晓梅今年二十二岁，正在乌鲁木齐某学院读书。她是一个懂事的女孩。她没有化妆，脸上冻伤的痕迹依稀可见。她的眼睛很大，眼神很清澈。刚见面的时候，她话不多，很腼腆。她是学中文的，喜欢写作。听说我业余时间也写点东西，又听说我是她爸老部队的战友，便不再局促，我们之间的距离一下子拉近了。

守望天山

但她说话的时候，总是低着头，摆弄着手里的一根皮筋，缠来绕去，好像那是一项很重要的工作，又好像是在对皮筋说话……

我剥了一片馒头皮，我爸打了我一巴掌

我家以前不在尼勒克，在新源县那拉提。那是一个多民族混居的地方，前面是山，后面还是山。冬天经常下雪，特别冷。不下雪的时候，就刮黑风。风特别大，一刮就是好几天，甚至半个月，把地都刮黑了，人的脸也刮黑了。

您问我童年都玩些什么？我都不好意思说。我跟着哥哥在我家前面的河坝里玩泥巴。怎么玩？把泥巴和好，在手里团成窝窝头的样子，然后使劲往地上摔，看谁的泥团炸开的花大。冬天雪很厚，有一尺多深，我们会玩打雪仗。用雪堆出两个城堡，孩子们分成两队，然后相互进攻，对方一个人跑过来把你拍一下，你就算是死了，自己人把你拍一下你又活了。最后谁攻进了对方的城堡谁就算赢了。

其实这都是男孩子玩的，但我喜欢跟哥哥一起玩。

等我长大了，不好意思跟男孩子玩了，就跟女孩子玩跳皮筋。

我们那里离集镇远，买不到皮筋，就把家里坏了的雨鞋一圈一圈剪下来，然后跳着玩。

小时候，我最喜欢过年了。特别让我期盼的是，过年我可以穿新衣服。说是新衣服，其实是半新不旧的，最好的是七八成新，都是别人给的。

上初中前，我从来就没有穿过一件属于自己的新衣服。

我爸在乌鲁木齐有个战友，经常给我们拿来一些衣服。也不管男女，谁能穿谁就穿。也不是随便穿，得由我妈分配。一般都是过年才分给一件两件。我记得有一年，妈妈给我分了一件半新的黄衣服，我特别喜欢，过年只穿了几天就舍不得穿了，自己收起来，准备过六一儿童节表演节目的时候穿。

我记忆最深的是，有一年过六一儿童节，我被学校选上跳舞蹈。老师说我个子高，苗条，跳舞好看。我很高兴，回家告诉了妈妈。妈妈给我买了一条项链，两块钱，特别漂亮。跳舞的时候，我戴着妈妈买的项链，感觉特别幸福。

上初中的时候，我爸给我买了一双布鞋，牛筋底的，上面有米老鼠图案。我特别喜欢，穿上它走路特别轻快。

其实我父母都很疼我，因为我是女孩子，吃的穿的都比哥哥弟弟强。爸爸特别疼我，平时我吃剩的饭，都是他帮我吃掉。

守望天山

但是上小学五年级的时候，爸爸打了我一巴掌，让我特别伤心，现在还记忆犹新。

那时我十三岁。之前我爸从来没有打过我，之后也没有，那是唯一的一次。那天吃饭的时候，我发现手里的馒头上有几个黑点，好像是有点发霉，就把馒头皮剥了，随手扔在了地上。我爸看见了，很生气，说，你给我捡起来，吃掉！我不捡。我也很生气，多大的事嘛，用得着这么夸张吗？我爸说，你捡不捡？我不但没捡，还用脚把馒头皮踢开了。我爸说，你咋这么不珍惜粮食？上来就给我一巴掌。我委屈得哭了。我妈跟我爸吵了起来，说，不就是一点馒头皮吗？你看把孩子打得脸上都起印了。我爸从地上默默地捡起馒头皮，自己吃了。

为这事，我一个星期没理我爸。我爸倒像是自己做错了事，看我的眼神里充满了内疚。我也很后悔，不该扔那馒头皮。但是他打我太重，第二天上学脸还是肿的，眼睛也哭红了。我忍着，就是不理他。

有一天放学，家里就我爸一个人。我爸对我说起他以前当兵的时候，班长把最后一个馒头让给了他，班长牺牲了，他活了下来的事情。开始我还板着脸，跟他赌气，后来我听着听着，眼泪就出来了。

我对他说,爸爸,我以后再也不糟蹋粮食了。

到别人家去看黑白电视

在我们那拉提,只有我和另外一个女孩子考上了大学,其他女同学现在基本都嫁人了,有个女同学甚至都有孩子了。

我们那里人思想很保守,女孩子读到三年级就不让读了。她们的父母认为,女孩子早晚是别人的,读书也是白读。在这方面,我父母很开通,特别是我妈,说,你哥不上大学还可以当兵,你一个女孩子不上大学咋办?根本没有出路!我苦了一辈子,可不希望你跟妈一样待在这山沟里受罪。

我从小学二年级开始就自己洗衣服,有时也帮弟弟洗。妈妈下地干活去了,我就学着做饭。我记得做的第一顿饭是炒茄子,好像没炒熟,但我妈说特别香。

小时候,父母经常为生活琐事吵架,都是因为没钱,生活艰难。我爸开始还啰唆,我妈一厉害,他就不吭声了。每次都是以我爸失败而告终。

我问我爸,你是不是怕我妈?

我爸说,我怕她?笑话!我是因为她年龄比我小六七岁,让着她。再说了，她跟我跑到天山来，这些年也没过啥好日子，爸爸欠她的。

我上小学的时候，我们村里只有一个女同学家有电视，十四英寸，黑白的，屋顶上插个杆子算是天线，只能收三个频道。我就跑到人家家里去看。人家高兴的时候让看，不高兴的时候就早早把门关了。到我上了初中，我们家才买了一台电视。十二英寸，黑白的。那时人家家里已经有大彩电了。前几年，政府修建陵园，我们家从那拉提搬到了乔尔玛，地方政府送给我们家一台大彩电，那台黑白电视才结束了它的使命。

我不爱逛街是因为我没钱

女孩子都爱逛街，但是我不爱逛街，因为我没钱。对于我来说，逛街是一种折磨，一种痛苦。

我上大学一年学费三千七百元，住宿费六百元，十个女生住一间宿舍。一个月我妈就给我四百元生活费，包括吃饭穿衣，还要买日用品。我妈没工作，我爸两年前才有了工作，工资一千多。我上学的钱基本都是我哥给我妈，然后我妈给我。每个月都很紧张，都得特别仔细地计划着花。

陈俊贵用香烟祭奠班长

守望天山

每年清明、春节，我爸都给他的战友去上坟，其他节日也去。家里有了高兴事他也去，坐在那里，点上一支烟，给战友们唠叨唠叨。我哥当兵时他去了，我考上大学时他也去了。他有时带我们去，更多的时候是自己一个人去。

上大学前，我爸带我去了墓地。他郑重其事地给我讲了他们的故事，我感触挺深。我们家日子再苦，起码一家人团圆，都好好地活着，可是那些牺牲了的叔叔们，没有看到现在社会发展的样子，没有享受到天伦之乐，只得到了一个墓碑。即使现在您写了书，宣扬他们的故事，他们也不知道。

这些年，我爸为战友守墓，我们已经习以为常了，觉得是应该的，是分内的事，是我爸、我们家生活的一部分。但是也有人不理解，说我爸是"茗子"，意思是说我爸笨、傻呗。听到这种说法，我心里特别难过。

第一次跟爸爸走天山路，看到那些山那些沟，那么危险的路，想象着我爸和他的战友当年修路的情景，我觉得特别辛酸，说不出话来。突然觉得我爸挺伟大。

去年，我们班上教育课，老师让我们每个人讲一段故事，我就讲了一个老兵的故事。那天我也不知道哪儿来那么大勇气，讲得特别投入，有几次都忍不住掉泪了。老师和同学们听得也很

专注，不知不觉就下课了，但是没有一个人离开。

但是我没有讲故事里的那个老兵就是我爸。

下课之后，几个关系铁的女同学围着我问，你讲的都是真的吗？我说，都是真的。那时为了证明故事的真实性，我才忍不住悄悄告诉她们，那个老兵就是我爸。

同学们都很惊讶，特别佩服我。

我觉得挺自豪，为有这样一个爸爸。

我上了三年大学，我妈只来乌鲁木齐看过我一次。她身体不好，经常失眠，胃也不好，吃不下东西，人越来越瘦。她来乌鲁木齐看病，顺便来学校看我。我妈带我到外面吃了顿饭，母女俩吃了三十块钱，这是我上学以来吃得最贵的一顿饭。我妈舍不得住旅馆，晚上就跟我挤在女生宿舍。跟母亲头一次睡在一张床上，我感觉特别幸福。

第二天，我妈临走时我忍不住悄悄告诉她，我谈了一个男朋友。其实那时我才刚开始谈。别的班一个男孩子追我，两人见过几次面，连手都没拉过。

我妈一听就急了，说，我们一家人供你上大学容易吗？你怎么这么不懂事！年龄这么小怎么能谈朋友？影响学习怎么办？你大老远地来城里上学不是为了谈朋友！现在你懂个啥？以后你

守望天山

毕业了，找到一份好工作，想找啥样的没有？

我妈说得特别严厉！说得我无地自容。我答应她不谈了，马上分手。我妈这才放心地走了。后来，我真的和那男孩分手了。

其实我妈根本就不了解现在的城市，不了解现在的大学生活。我谈个朋友算什么？我本来就很传统，不喜欢上街，不喜欢出去玩，网吧、酒吧从来不去，像我这样的女孩子学校里已经很少了。我们许多同学一谈上对象，就租房子住在了一起。俩人住一阵子觉得不合适，就散了，另换一个，照样出去租房子住。有的女大学生还被人包养呢。这些事要是让我妈知道了，还不把她吓死？

选择什么样的生活是每个人的自由，我无权干涉，也不加指责。但是我不喜欢那样。我可以吃最便宜的饭菜，穿最便宜的衣裳，但是我一定要过一种有尊严的生活。

这几年，有许多好心人关心我。有个漂亮姐姐叫陈小溪，她去乔尔玛陵园后知道了我们家的情况，专门来学校看我，给我买了衣服和女孩子用的小提包，还经常请我出去改善伙食。有个叫管维的大哥哥，是搞荒山绿化的老板，他驾车去天山旅游，知道了我爸的事迹，回到乌鲁木齐也来看我。后来我哥哥病了，他热情地联系医院，帮了我家很多忙。还有已经退休了的孙丽阿姨，她加入了新疆"妈妈协会"，这个协会是专门帮助困难妈妈的。

  孙阿姨从乔尔玛回来后,来学校看我,见我床上的褥子很薄,就买了一床厚褥子给我。去年中秋节的时候,孙阿姨还专门请我跟他们家人一起过节。这些好心人让我很感动,让我在乌鲁木齐感到温暖,不再孤独。我唯一能回报他们的就是好好学习,将来做一个对国家有用的人,一个热心帮助别人的人。

  你问我将来最大的心愿是什么?就是毕业后能找份工作,为国家多做点事;再就是挣钱养活自己,养活父母。我拿到工资的第一件事,就是给我妈买一枚白金戒指。我妈什么首饰也没有,一辈子没戴过戒指。她年轻的时候可漂亮了,头发很长,垂到腰间,编一个大粗辫子。现在老了,您在乔尔玛都看见了,头发全白了。其实她才四十多岁。

  为什么一定是白金戒指?因为我喜欢白色呀,我妈也喜欢。也许因为我从小在天山下长大,看惯了山上的冰雪和雪莲,觉得白色很纯洁吧。

五、地方政府领导如是说

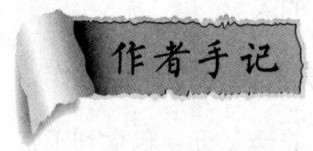

上天山看望陈俊贵之前,我查阅了很多资料。同时向当时参与陵园建设协调工作的总队副政委苑占稳了解了当时的一些情况。他是在天山上战斗过多年的老兵,对烈士陵园的建设一直很热心,配合地方政府做了很多工作。

在尼勒克县,我见到了县委书记吴奉军、组织部部长杨文光、武装部政委刘一亮、民政局局长马国法。他们用当地哈萨克人招待最尊贵客人的羊头和尼勒克最负盛名的马肉、灌马肠招待了我。

当过兵的吴书记说:"老兵陈俊贵是我们军队的骄傲,也是我们尼勒克人民的骄傲;乔尔玛烈士陵园是我们国防和民族团结教育基地,也是我们尼勒克宝贵的红色资源;天山精神是激

陈俊贵与作者党益民、尼勒克县武装部政委刘一亮、民政局局长马国法在烈士陵园

励我们建设新疆、维护民族团结的精神财富。作为地方党委、政府，我们有责任、有义务建设好烈士陵园，保护好陈俊贵和他的家人。"

民政局局长马国法是四川射洪人，他也当过兵。巧的是，当年他也参加过天山独库公路的修建。退伍后，他留在了尼勒克，种过地，打过工，承包过食堂，一步步从一个退伍士兵成长为粮食局局长、民政局局长。他当民政局局长后干的第一件事，就是建设乔尔玛烈士陵园。

尼勒克县民政局局长马国法——

陈俊贵为战友守墓这么多年，确实不容易，事迹很感人。自治区领导、民政局对这事很重视，我们伊犁哈萨克自治州民政局想树立陈俊贵这个典型，建烈士陵园，搞一个红色教育基地，要求我们具体落实。为什么把陵园建在乔尔玛？因为乔尔玛有当年自治区政府和交通厅为烈士们修建的纪念碑。

陵园建成后，我们把陈俊贵一家从新源县那拉提接过来。当时他确实很困难，家当加起来也不到一千块钱。我给了他八百块钱，还带去了清油、面粉、大米，让他们一家能开伙做饭。州民

作者在烈士陵园

守望天山

政局给了他一台大彩电。县里领导当时决定：县里每月给他五百元，民政局给一百一十七元的低保金，加起来就是六百一十七元。后来，他的正式职工指标批下来以后，才有了正式工资。

  我们现在的吴书记要求更高，说要搞就搞好，不能怠慢了烈士，要求重新修整，建得更庄严一点。他说，没有钱也要搞，钱的事情县里想办法，县里再穷也不能穷烈士。他还说，这是一段光荣的历史，是一笔精神财富，无法用金钱衡量。

  现在，我们又开始修整陵园，主要是想建一个展览馆，更好地弘扬天山精神。

六、烈士亲人如是说

2006年,部队组织"重回天山路"活动时,特别邀请了烈士石博韬的父亲石文华。听说老人当时说过这么一句话,我人在湖北,心在新疆,因为新疆还有我的儿子。每天晚上,我和老伴都要看看新疆的天气预报,二十四年来天天都是这样。

老人的这句话让我很感动。

我决定采访七十四岁的石文华老人。

石博韬生前是一一三团的一个排长,湖北新洲县人,1976年3月入伍,1977年12月入党。1983年7月19日,带领战士在天山独库公路2号隧道施工,拆除下导洞支撑木时,突然遭遇塌方,为救战友,壮烈牺牲,时年二十六岁。

石博韬牺牲时,总队原参谋长、高级工程帅马海卿大校就在2号隧道施工。回到乌鲁木齐后，在马海卿的帮助下，我联系上了石文华老人。

我拨通了老人家里的电话。听说我是儿子生前部队的战友，老人特别激动。电话采访进行了将近一个小时。老人当过教师，担任过县教育局时政科科长，说话文质彬彬，条理很清晰。但是他的讲述时常会因为哽咽而中断……

石博韬的父亲石文华——

陈俊贵？当然认识。我们见过两次，一次是1999年，一次是2006年。我去给儿子扫墓，他在那里守墓，我们就认识了。他退伍后在辽宁有工作，条件比新疆好，但是他放弃了，重新回到天山，为战友守墓。他是个知恩图报、忠义守信的好人，我很敬佩他！他当时对我说，老人家，您放心吧，我一定守好您儿子的墓。他让我很感动。听说他现在还守在天山。他为战友

石博韬烈士

守了二十四年墓，一般人很难做到。真了不起！如果你见到了他，一定代我向他问好。

好吧，我说说儿子博韬的事。

博韬牺牲的时间是 1983 年 7 月 19 日。

7 月 20 日，部队来了电话。我当时在县教委工作。电话没有直接打给我，而是打给了我们熊局长。局长把我叫到他办公室，我当时一点预感也没有，还以为局长找我是因为中考阅卷的事。

局长问我，老石，你有个儿子在部队当兵吗？我说，是。他问，在哪个部队？我说，在新疆。他说，刚才新疆部队来了电话，说你儿子病了，很想念你们，让你们去看一看。我一听这话，心里咯噔一下。

儿子病了？部队有医生，干吗叫我们去？再说这么远的路，生个病也没必要让我们跑一趟。我就知道儿子出事了。我两腿发软，有点站立不住。

我说，熊局长，你不用瞒我，我知道，我儿子牺牲了。

他说，不不不，没有，确实是病了。

我一路流着泪往家走。走到家门口，我把泪擦干才走进去。我对老伴说，儿子病了，部队让我们去看看。老伴当过妇联主任，是个明白人，一听这话当时就哭了，哭得几乎晕过去。等她平静

守望天山

后，我说，你也别哭了，我们赶快去新疆吧，去晚了，恐怕连儿子最后一面也见不上了。

第二天，我们带着三儿子一起上路了。当时单位已经把粮票、路费给我准备好了，还专门到县政府开了介绍信，说那里是边疆，路途遥远，带上介绍信路上方便。我们搭车到武汉，之后从汉口上了火车。

到乌鲁木齐后，我们找到部队中转站。王所长接待了我们，他人很热情，说，明天部队有车送你们去团部。团部在新源县那拉提。我们路上走了四天四夜。

到了团部一下车，我老伴看见一个兵，上身穿着白衬衣，下身穿着黄裤子，特别像我们的儿子博韬。她激动地对我说，你看，那不是我们博韬？

她朝那个兵喊，博韬，博韬！

我说，那不是我们儿子，你看花眼了。

她不信，使劲喊，博韬，博韬！

结果，那个兵转过身来，是一个陌生小伙子。

到了团里，我们才知道博韬已经下葬了。团里派了跟博韬一起入伍的战友来照顾我们。看到那些一起来的老乡都好好的，而我们的博韬已经不在了，我们更加伤心。

第二天,王副团长陪我们去了博韬的墓地。我跪在那里半天起不来。儿子走的时候活蹦乱跳的,现在却变成了一个冰冷的土堆,真是让人无法接受。

第三天,我们上山去了2号隧道,那是我们儿子牺牲的地方。连部、营部、团部的首长陪同我们一起走进隧道。当时是7月天,但天山上很冷,洞里冰水很大,我们戴着安全帽,穿着棉衣和长筒胶靴。博韬牺牲的地方离洞口三百零八米。

走到那里,连里干部给我们介绍博韬牺牲时的情况。正说着,突然"嘣"的一声,大家吓了一跳,以为又塌方了,结果是一个钢钎从上面掉下来了。我从来不信神,但是那时我信了。我儿子知道我看他来了,显灵了。我拿塑料袋装了一点那里的土,当作我的儿子,准备带回家去。

我们从隧道出来,来到儿子生前所在的连队。他的战友给我们谈了他平时的一些情况,说他怎么关心战士,怎么不怕吃苦,怎么带领全排战士完成施工任务。

他们告诉我,当时连队让他休息三天,他本来可以不去上班,如果真是那样,他就躲过了那场灾难。但是他责任心强,知道洞里很危险,只用了一天时间去团部办事,当天就搭便车回了连队,第二天又上了班。

守望天山

7月19日早上,天还没有亮,他们连队就起床上了工地。9点多的时候,我儿子带着战士们拆除支撑木,听见上面嘎嘎响,就朝战友们喊,要塌方,赶快撤!洞里施工的声音很大,有些战士没听见,他跑过去一个一个往外推,最后推出来的是一名叫于志雄的新战士。刚推出来,就塌方了。于志雄的后腿被砸伤了,而我儿子被三根大木头砸中了,一根在肩膀上,一根在腰上,一根在腿上。他牺牲的具体时间是上午10点45分。因为他的表被砸坏了,永远停在了这个时间上。

这块表我带回了家,一直保存到现在。每当想念儿子的时候,我就拿出来看一看,擦一擦。

谈话中,我发现战士们情绪很低落,思想包袱很重。我儿子牺牲后,连队已经停工十几天了。那天晚上,睡在儿子生前睡的床铺上,我特别想念儿子。又想,儿子牺牲了,战友们心里难受可以理解,但是这么长时间不开工,会影响工程进度。如果儿子在天有灵,也不愿意战友们用这种方式悼念他。

第二天是八一建军节,部队首长让我给战士们讲几句。

我对战士们说,人非草木,孰能无情?我儿子才二十六岁就牺牲了,我的心情非常悲痛,说不悲痛是假的。我儿子当兵走的时候,我曾为他写过这么一段话:为谁参军?为谁扛枪?为谁

打仗？自参军之日起，就必须在理论和实践的结合上弄清这个问题，争当一个雷锋式的毛主席的好战士。这就是我的全部希望。

"人生自古谁无死，留取丹心照汗青。"我儿子是为救战友牺牲的，是为国捐躯，我为有这样的儿子感到光荣和自豪。但是工程

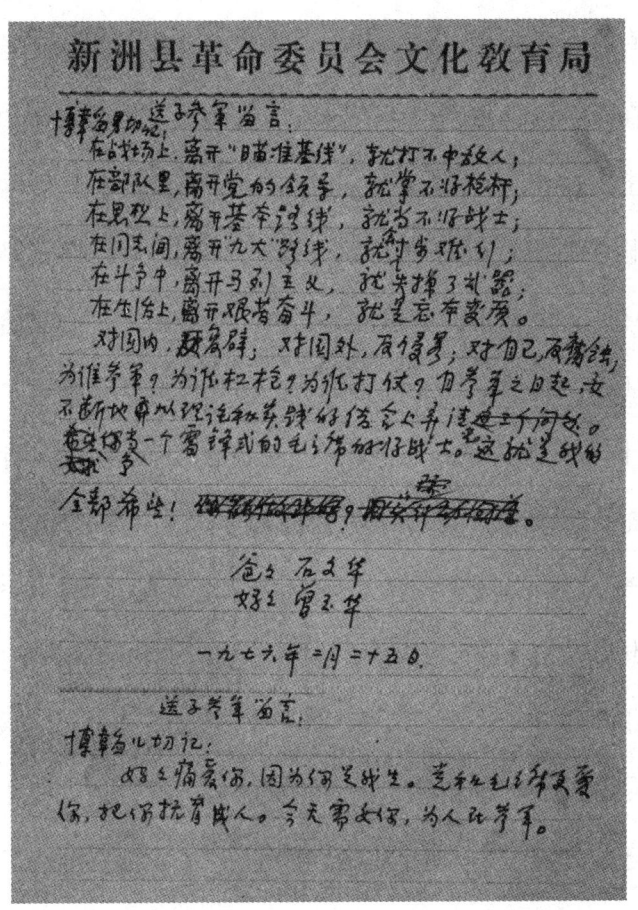

1976年，石文华给儿子石博韬的留言

不能停下来，必须搞下去，而且要搞得更好，这才是对我儿子最好的悼念。

听了我这话，下面的许多战士都哭了，为我鼓掌。

第二天他们就上了山，重新开工了。

我把那包沙土带回家，用儿子小时候上学戴过的红领巾包起来。我感觉自己年龄越来越大，可能无法再到新疆去看望儿子了，就在家乡给他建了一个衣冠冢，里面放着他的红领巾和天山上的沙土。

博韬牺牲后，他妹妹石翠芬要求到部队去当兵。那时部队在新疆乌苏，离她哥的坟墓很远，部队专门派车送她去给哥哥扫墓。她在天山当了三年兵就退伍了，现在在武汉工作。

二十几年来，我人在武汉，心在天山，每天都在看新疆的天气预报，下雪啦，下雨啦，天冷啦，天热啦，总是在关心新疆的天气，感觉新疆很亲，因为我的儿子在那里。1999年，我特别想念儿子，和老伴去了一次天山。2006年八一建军节，部队组织"重走天山路"活动，我又一次上了天山，去看儿子。

那是我最后一次看望儿子，也是最后一次见到为我儿子和那些烈士守墓的陈俊贵。他比以前老多了，头发都快掉完了。我深深地给他鞠了一躬，为的是他对战友的那份感情。我儿子当时抢

救战友,那只是一闪念的事。可是陈俊贵在天山苦苦守墓二十四年,可不是一时心血来潮,不是一般人能做到的。所以他很了不起,我很敬佩他。你们要多宣传他,让全社会的人都知道他,尤其是要让年轻人知道他的事迹,学习他的精神。我是一个老教师,知道教书育人重要。但是不能光教年轻人怎么做事,更重要的是要教他们怎么做人,做一个知恩感恩的人。我们的国家现在强大了,经济繁荣了,人民富裕了,但是许多年轻人只知道享受,不知道牺牲奉献。国家的未来终究是属于年轻人的,他们不继承我们中华民族的传统美德,不学会感恩,不知道为国家、为民族牺牲奉献怎么能行?

七、患难战友陈卫星如是说

我们四个人那次去执行任务，确实很艰难，班长郑林书和罗强牺牲了，我和陈俊贵活了下来，我的脚指头冻掉了，陈俊贵的腿冻残了。陈俊贵讲的一点没错，当时的情况就是那样。他讲过了，我就不啰唆了。

我给你说句实话，其实当时我并不想执行那次任务。为什么？因为我想退伍。万一出了事，我就永远回不去了。这是真话。部队那时在天山上施工，每年都有十几个战友牺牲。当时并不是非去不可，不是命令，谁愿意去就去，不愿意去可以换别人。罗强劝我，我才跟他们去了。

我跟罗强是同年兵。1978年3月，我们一起从广东连州入伍。罗强比我干得好，当上了副班长，还入了党。我什么都不是。对了，那次执行任务时，罗强入党才七八天。

我们从小生活在广东，哪里见过冰天雪地？冷得受不了，耳朵冻黑，手都冻伤了。吃的住的都不习惯，一年多时间才适应

过来。部队整天在天山上修路,说难听点,跟劳改犯差不多。我当兵三年,没有下过一次山,连团部都没有去过。我看在部队干也没什么前途,所以就想等到年底退伍。

有一点陈俊贵忘了讲,或者当时又冻又饿,人都已经冻糊涂了,他没有注意罗强牺牲前给我说了些什么。罗强说,我不行了,你回去告诉我家人,说我是执行任务时牺牲的。他摸摸胸口。我明白他的意思,帮他从衣服兜里掏出一张黑白照片。他看了一眼,又示意我装进去,然后他就闭上了眼睛。

那照片上的人是他对象。

我跟陈俊贵继续往前走。我实在走不动了,他就背着我走。他后来也走不动了,我们就往前爬。再后来,我们俩都爬不动了,趴在雪地里什么也不知道了。

我醒来的时候,发现自己躺在一个哈萨克牧民的家里。毡房很温暖。哈萨克老大爷很高兴,朝我们叽里咕噜说些什么,我们也听不懂。老人喂我们馕饼和奶茶,我一口气喝了七八碗奶茶。之后,我又昏迷过去。

直到15日早上,我才醒来。我们离开连队已经整整七天了。我们俩急着回去报信,哈萨克老人送我们。我趴在马背上,陈俊贵趴在牛背上,也不知道在风雪里走了多长时间,终于看见了穿

守望天山

军装的战友，我一下子昏了过去……

我先在团卫生队住了半个月，后来转到了野战军一五五医院。部队给记了三等功，评了残，那年年底我就退伍了。

给我印象很深的是，当时天很冷，风很大，雪很厚，又结了冰，几乎把耳朵冻掉了。我们获救后，战友们找到郑林书和罗强的遗体，他们俩已经冻在了雪地上，搬都搬不动，折腾了三天才把他们抬下山来。现在想想，心里都打战。

要不是那位哈萨克老大爷，我和陈俊贵早就没命了。我退伍之前，专门去寻找过老大爷，但是他已经不在那里了，不知道他游牧到哪里去了。二十多年来，我经常想起老大爷。真的，特别感激他，想念他。我最大的愿望就是，在我有生之年，能看见那位哈萨克老大爷。

2006年，部队搞"重走天山路"活动，邀请我和罗强的家人一起参加。我去接罗强的父亲。老人又一次拿出儿子的照片、领章和红五星，还有二等功奖章，看了又看。

老人对照片说，罗强，我就要去新疆看你了。

罗强的家还是以前的老样子，父母都七十多岁了，还得自己下地干活。自从罗强当兵后，他们就再也没有见过罗强。当年，罗强母亲得知儿子牺牲的消息，一下子就昏了过去，在医院住了

好几天。现在两个老人更加苍老了。

我们临出门时，罗强的母亲把早已准备好的纸钱装进罗强父亲的背包。我说纸钱到新疆再买。罗强母亲说，还是家乡的纸钱好，你们多带点，新疆那地方很冷，给罗强多烧点，别让他冻着。

罗强母亲把我们送出门，一路走一路对罗强父亲唠叨，你给罗强烧纸钱的时候，一定要大声喊罗强的名字，那里风大，你不大声喊他听不见。你告诉罗强，说我身体还好，还能干活，让他不要担心。回来的时候，你一定要把罗强的魂引回来，你要一路走一路喊他的名字。你无论到哪里都要喊，大声喊，他才能听见。特别是走到十字路口，或者是换车的时候，汽车换火车，火车换汽车，一定要记着喊，别让罗强走丢了……

到了天山墓地，我见到了离别二十六年的战友陈俊贵，我们抱头痛哭。我把罗强的父亲介绍给陈俊贵，陈俊贵跪倒在老人面前。

我们带老人来到罗强的坟墓前。

老人扑倒在儿子坟前，哭喊着，罗强，罗强，罗强……

我们把老人带到当年罗强牺牲的地方，讲述了事情的经过。老人流着泪说，当兵就是会死人的，我这一辈子对国家没有什么贡献，我把罗强献了出去，就算是为国家做了一点事……

守望天山

作者手记

我从天山回到乌鲁木齐一个星期后，总队党委派我去天山独库公路起点独山子蹲点，指导部队进点工作。冬季天山冰封雪裹，部队无法施工，只好撤下来休整；等到了春天，冰雪融化了，上山的道路通了，再进点施工。

如果你从库车出发，沿天山独库公路一路蜿蜒北上，走出白雪皑皑的天山沟口，你的眼前就会豁然开朗，展现在你面前的是一望无际的戈壁滩。戈壁滩上，孤零零地蹲守着一座小山，像陈俊贵一样孤独地守望着天山。以前我曾想，也许这就是著名的石油小城独山子的由来。但是在维吾尔语和哈萨克语中，独山子叫"玛依塔克"和"玛依套"，意思是"油山"。

独山子距离乔尔玛烈士陵园只有一百多公里，可是现在山上都是积雪，道路不通。否则的话，我真想再去看看陈俊贵。

独山子是克拉玛依市的一个区，地处天山北麓准噶尔盆地西南边缘，南依天山，与奎屯、乌苏毗邻。独山子石油开采始于清光绪二十三年（1897）。民国二十五年（1936）开始引进苏联

技术和装备,在独山子(山)北坡建成石油工人聚居的矿区。到1953年已发展成万余人的新型城镇。1958年,克拉玛依市成立,独山子划归为克拉玛依市的一个区。但是独山子距克拉玛依市区还有一百五十公里。在世界上所有的城市中,独山子也许是离市区最远的一个城区。

我与秘群科科长张伟峰抵达独山子的当天,就去了三十年前部队修筑天山公路时的巴音沟营地。那里是一一一团的团部。三十年前,现任副总队长何俊才是团部的干部干事,他让我拍几

原一一一团团部大门遗址

123

守望天山

原来的部队营房,现在散居着几户哈萨克牧民

张照片回去,想看看现在的巴音沟变成了什么模样。遗憾的是,这里几乎变成了一片废墟。没有倒塌的营房里,散居着几户哈萨克牧民。团部的大门已经看不出从前的模样,只有两根水泥柱子孤独地矗立着,好像在为死去的战友默哀,又像是向人们诉说着当年的故事。

第三天,七支队独山子北段工程指挥员李传华上校带领官兵开始上山。车厢上贴着这样的标语:"向天山进军,向陈俊贵学习!""大力弘扬天山精神!""努力践行当代革命军人核心价值观!"

那天风和日丽。但让我们始料不及的是，当天晚上天山突降大雪，上山的道路一夜之间又被封堵了。多亏部队带足了给养，否则后果不堪设想。好在接下来的几天温度渐渐回升，路上的冰雪慢慢融化，路又通了。

但是麻烦接着又来了：十一中队测量班长肖彦平的血压突然升至一百八，呼吸困难，几近昏迷。我们连夜将他送到独山子医院。经过一夜的治疗，肖班长脱离了危险。医生说这是因他连日劳累，加之刚上山身体不适所致。

大家刚松了一口气，李传华又病倒了，拉了一夜肚子，几乎虚脱，不得不输液。他说，吃雪水拉肚子是常事。三十多年前部队在山上一年四季吃雪水，官兵们还不是照样完成施工任务？你看人家老兵陈俊贵，吃了这么多年的雪水也不见拉肚子。习惯了就好了。现在部队条件好多了，配备了饮水净化器。

在场的七支队副政委唐金江接话说，部队刚上山吃的都是雪水，因为饮水净化器被冻成了冰疙瘩，无法使用。等天气暖和了，净化器才能使用，那时饮水问题就解决了，这一两个月还得吃雪水。去年部队上山就有许多人拉肚子，七八天后肠胃才慢慢适应。今年大家有了经验，提前吃了止泻药，拉肚子的人比去年少。

守望天山

部队今年进点之前，专门组织开展了"向陈俊贵学习，弘扬天山精神，践行革命军人核心价值观"学习教育活动。去年重返天山后，唐金江和李传华先后六次路过乔尔玛烈士陵园，每次都要进去祭奠烈士，看看陈俊贵一家，问问他们有什么困难，需要什么帮助。陈俊贵说，不需要什么帮助，老部队现在重回天山，重修天山公路，是对天山南北各族人民的最大帮助，也是对我陈俊贵的最大帮助。我为曾经是这个英雄部队的一名老兵而感到骄傲！

第二天，李传华陪我上了工地。他路上告诉我，去年5月12日汶川大地震，13日那天，他和唐金江、总工刘罡、副大队长王思远四人进天山，为部队施工进点勘探线路。他们首先看望了老兵陈俊贵，祭奠了一百六十八名烈士，然后才来到哈希勒根达坂1号隧道。当年"雷锋式好干部"姚虎成就牺牲在那里。他们下车祭奠姚虎成。这时，突然发生了雪崩，他们赶紧撤离，雪崩就在距离他们五十米的地方停了下来。李传华说："这是烈士们在保佑我们！"

我们来到哈希勒根达坂，隧道口挂满了冰溜子。李传华指着一处悬崖说："那就是当年部队打'飞线'时留在上面的钢钎。"我顺着他手指的方向，果然看见绝壁上有一根钢钎，隐约还能看

三十年前遗留在山崖上的钢钎

守望天山

见钢钎上断断续续的绳索。那时已经使用尼龙绳索了,不容易腐朽。三十年了,它们还在那里。

我们来到架设在两个山崖之间的一座小桥前,李传华指着山崖上的一个山洞说:"听当年的老兵说,那里曾经住过一个排的官兵,这座桥就是这个排修的。"

这些都是那段艰难岁月的历史见证。

一路上,我心里想着陈俊贵,耳边又一次响起了那首熟悉的歌——

当我永别了战友的时候,

好像那雪崩飞滚万丈。

啊——

亲爱的战友,

我再不能见到你雄伟的身影,

和蔼的脸庞。

啊——

亲爱的战友,

你也再不能听我弹琴,

听我歌唱……

桥上面那个山洞里当年曾经住过一个排的官兵

守望天山

想起长眠于雪山的一百六十八名战友，想起墓地边陈俊贵一家住过的地窝子，想起陈俊贵屋里塑料桶中常年饮用的冰雪，想起陈俊贵黝黑的脸上爬满了的皱纹，想起陈俊贵妻子雪山一样耀眼的白发，我的双眼渐渐模糊了……

蜿蜒而平坦的天山公路，是筑路老兵们用青春、热血和生命铸就的历史奇迹。陈俊贵和他的战友们的故事，将伴随着这条天山公路传向远方。战友们的无私奉献、为国捐躯是一种大爱，班长的舍生忘死是一种大爱，陈俊贵的知恩图报也是一种大爱。而爱，需要相互传递。但愿这种大爱越传越远，抵达每一个人的心灵。

陈俊贵守望的不仅仅是班长给予他的那份恩情，更是那段激情燃烧的岁月。

无疑，他们一家人，还将在天山深处继续守望下去……

    2009年3月6日~16日　草拟于天山脚下独山子
    2009年3月18日~20日　修改于乌鲁木齐、成都

附录：
《守望天山》相关评论

隆起于天山之上的情感高峰

——评党益民报告文学《守望天山》

李炳银

在浮躁的现实社会中，生活像万花筒般急速旋转，已经使人不易安定和动心了。可是，在我阅读了党益民的报告文学《守望天山》(《北京文学》2009年第6期）之后，我却数次被作品中真实的人物和事迹感动得掉泪，经历了少有的心灵和情感的震撼和起伏，在迷蒙的现实事象中看到了一道清丽的明光。

三十年前，新兵陈俊贵在天山修筑公路时，在遭遇一次大雪后跟随班长郑林书和副班长罗强、战友陈卫星执行送信求援任务，因为雪大路艰，延时绝粮，班长和战友将最后一个馒头让给了他。后来，郑林书和罗强冻饿牺牲，陈卫星和陈俊贵均遭严重冻伤，但生命得以存活。1984年，陈俊贵复员回到自己的老家辽宁辽中县。在有了一份稳定工作和结婚后，因为电影《天山行》的触动，不能淡忘牺牲的班长和战友，毅然带着妻子孙丽琴

和刚出生三个月的儿子奔赴天山深处,为班长等一百六十八位烈士守墓,这一守就是二十四年。其间经历数不尽的艰难,但陈俊贵一家甘苦与共,无怨无悔地一直坚持到现在。

或许,我们会认为,陈俊贵为了怀念和感谢班长及战友的恩情,还可以选择其他的方式。但是,陈俊贵一家选择了用二十几年的时间,坚守在烈士陵园,我们对他们这样的选择要给予充分的尊重。陈俊贵一家用非常艰难的经历演绎的这个近乎宗教般的感恩故事,有力地彰显了一种传统的生死相依、知恩图报的道德精神观念,在今天这个社会,这样的行为和精神无疑是一个传奇的存在。

因为吃了最后一个馒头,自己活了下来,可班长和副班长却牺牲了。为此,陈俊贵曾经悔恨过,但事已至此,悔恨还有何用?可是,这种悔恨却成了陈俊贵内心永远的痛。他曾在一段时间因为生活琐事淡忘了班长,但醒悟后自己骂自己"我真不是人"。正是这种悔恨和不应该有的淡忘,促使陈俊贵决然告别家乡,再上天山为班长等一百六十八位烈士守墓,最后用心灵的告慰和艰难的经历成全了这现世的感恩传奇故事。应该说,并不是只有陈俊贵一个人有过这样的感受恩惠的情形。但是,在感受恩惠之后,有不少人忘记了施恩于自己的恩人,不知道人应该有感恩的情怀。

守望天山

有的人甚至以自己能够在困难的时候有利己的机会窃喜，更以为别人施恩于自己是犯傻。类似这样忘恩负义的现象如今并不少见。但是，陈俊贵是个特例。他不光有一种自我反省的自责态度，更有这种自甘用长久的心灵情感和行动守护来感恩的惊人举动。康德曾经说："这个世界上只有两样东西能够引起人内心深处的震动：一个是我们头顶上灿烂的星空，一个是我们心中崇高的道德准则。"所以，《守望天山》在精神情感和道德坚守方面的表现，已经在天山上耸立起一座高峰，足以引发我们每个人心灵的震动。

　　读着这些朴实述说的文字，没有一个人不会为之动情，除非是毫无感情细胞的人。二十四年，陈俊贵夫妇带着儿女，在天山清寂偏僻的烈士陵园守护，没有必需的生活设施和经济来源，没有正常的社会生活环境，日常生活、孩子上学等都遇到了巨大的困难。为此，妻子孙丽琴曾经有过后悔嫁给陈俊贵而又随他上天山的懊恼，甚至两次想过轻生。可是，她在渐渐地理解了丈夫对班长、对烈士的眷恋和深情之后，也深刻地理解了丈夫，最后还是接受和选择同丈夫在天山守墓。这种用无尽的艰难守护来追求心灵的安稳和情感的表达的行为，是类似于宗教信仰般的坚定和纯粹，是一种超越了世俗和物质的伟大的感恩行为，足以感天

动地。

党益民是一位有着强烈现实社会关怀精神的作家。他长期生活和战斗在边疆,对于工作着、战斗着乃至牺牲的战友,总怀着一种浓浓的惦念和表达深情。他的报告文学《用胸膛行走西藏》、小说《一路格桑花》等,都是他这种深情表达的最好例证。《守望天山》对于陈俊贵罕见的感恩故事的报告,是他此前深情表达的再一次延续。在这部报告文学中,党益民有意收敛自己的文学语言表现能力,只是将真实故事的原本情形通过不同角度的讲述自然地记录下来,很好地保留了故事的生活气息,保留了故事自身真实自然的形态,在这种非常朴素的讲述中,再现了无声的精彩,再现了人性的超凡力量。作家这种始终坚持现实关怀的视角和相信真情可以撼动人心的文学理解,是对报告文学这种时代文体的本质接近,也是他不断获得成功的重要因素。

《守望天山》的成功,再一次使人相信,真实的社会生活中,有比作家想象更精彩、更丰富的戏剧化故事。文学要贴近现实生活,并不是一个过时的观念。

守望天山

他们是军魂、党魂、国魂

——读党益民《守望天山》

何西来

党益民发表在《北京文学》2009年第6期上的报告文学新作《守望天山》，是他继获得"徐迟报告文学奖"和"鲁迅文学奖"的《用胸膛行走西藏》之后的又一部让我深受感动的好作品。我既感动于以班长郑林书和副班长罗强为代表的一百六十八位烈士的献身精神，更感动于老战士陈俊贵带领全家人历尽艰辛，为烈士守护陵园长达二十四年的执着，也感动于作家强烈的使命意识和责任意识。

党益民为《守望天山》加了"一个老兵二十四年的感恩故事"的副题。无论是正题"守望"的主体，还是副题"感恩故事"的主人公，指的都是老兵陈俊贵。读党益民的报告文学，给人以深层的冲击与震撼。这震撼，是灵魂深处的。在阅读的过程中，让读者产生共鸣，使之与主人公同喜、同忧、同悲，经历自觉或不

自觉的心灵净化；掩卷之后，则在与人物的对照中，即读者的自我省察中，达到人生境界特别是伦理境界的提升。

党益民长期在部队工作，他多年以来与战士们摸爬滚打在一起，雪域高原，瀚海戈壁，风里雨里，泥里水里，都留下了他的身影。同时，他又是部队培养出来的业余作家，一位当之无愧的英雄主义的歌者。他用笔，向国人，向世界，不知疲倦地展示着部队基层官兵的高尚品格，奏响时代的最强音。

他是一位在筑路一线蹲点的部队领导，肩负重任，不是一般作家深入生活的挂职，而是在实实在在的指挥岗位。作为有诗人气质的作家，到了独库公路扩建工程的一线现场，望着巍峨高耸、峻极云天的山峰，他自然会有当年李白那种"洗兵条支海上波，放马天山雪中草"的浪漫豪情，然而，他考虑更多的却是用怎样的精神号令他的队伍，鼓舞他们的士气，以使他们不惮于前驱，敢于面对最危难的任务，直到取得最终的胜利，鞭敲金镫响，人唱凯歌还。这时，乔尔玛烈士陵园的守护人陈俊贵，以及他所守护的一百六十八座英雄坟茔的事迹，就成了政委党益民手中最好的资源和最鲜活的素材。

党益民把陈俊贵苦守战友陵墓二十四年的事迹，标举为"感恩"。感恩，是一种美德，是一种高尚的道德感情，是一种人类

守望天山

共通的普世价值。西方有感恩节，在中国的传统观念中讲天恩祖德，讲知恩图报。儿女尽孝，是为了回报父母的养育深恩。"谁言寸草心，报得三春晖""滴水之恩，当涌泉相报"，一向被视为人际关系的重要准则。而无论中外，忘恩负义，恩将仇报，都是遭人唾骂的恶行恶德。从陈俊贵个人来讲，在大家都命悬一线的危难关头，班长把唯一的馒头留给他吃，把生的希望留给了他，而班长自己则毫不犹豫地选择了死。这是天大的恩情，于是，他放弃了好不容易到手的工作，带了同样自愿放弃工作的妻子和出生不久的儿子，不远千里回到地处荒漠戈壁的战友陵园，克服了常人难以忍受的艰难困顿，修坟守坟，一守就是二十四年。然而，在我看来，陈俊贵的守坟，单就报恩而言，远不只是个人的事。修成独库公路，贯通天山南北，是事关边疆安危而又泽被后世的战略工程；一百六十八位烈士，是为国捐躯的英雄，他们的死，是国殇，因而有恩于国人。一切走过那条公路和尚未走过那条公路的各族人等，都应当感他们的恩。从这个意义上讲，陈俊贵是替我们大家在守墓，在替我们大家报恩。而他和他的家人二十四年间悉心的同时又是艰苦卓绝的守护，也是有恩于我们的，我们都应当感谢他。

无论是否自觉，陈俊贵守护的，首先是一种理想，革命军

人的理想，英雄主义的道德理想。没有这种理想，在生死的抉择面前，班长郑林书等一百六十八位英雄就不可能舍生取义，独库战略公路就不可能贯通。山高沟险，风狂雪暴，天寒地冻，崩崖滚石，哪一个横在前路上的困难，都有可能挡住你。这是理想的英雄主义的胜利，或者是英雄主义的理想的胜利。

中华民族是一个重道德、讲义气的民族，陈俊贵守望的正是这样的传统。这是我们的民族得以延续五千年而不衰、不亡的重要的精神支撑点，是精神的脊梁。这一传统，在中华民族百年苦难中，在前赴后继的志士仁人身上，在他们引领全民族救亡图存的伟大实践中，都有发扬光大。而在我们共产党人所领导的民族民主革命中，在改革开放的三十年中，更是得到了前所未有的重视与发展，成为民族振兴、国家强盛的重要资源和道德支撑。陈俊贵不是生活在过去，而是生活在现实生活环境中的一个血肉之躯，一个活生生的生命体，他的守护本身就使他所守护的精神具有了时代性、现实性。正是他的守护，把那被历史证明具有恒久性的中华民族的道德传统激活了，并使其获得了新的生命。

一百六十八位烈士离去了，但他们的精神没有离去。天山精神在为他们守墓的陈俊贵的身上，在他的自省和自觉中，得到了延续，得到了发扬光大，有了看似平凡，实则充满了传奇色彩的生动体现。他本人就是一尊道德人格的雕像。

在叙事方法上,《守望天山》采用的是口述实录的形式。作品的主体部分是主人公陈俊贵以及其他相关人物独白式的第一人称的自述。每一位言说者,都把焦点对准了主人公。陈俊贵的形象正是在不同角度的言说和聚焦的交叉、结合点上,被写活而呈现立体化的。如果说陈俊贵苦守的是我们的军魂、党魂和国魂的话,那么这种坚守却是用朴实无华的口述,亲切地表述出来的,没有刻意的造作与拔高。但口述实录的叙事,并非原始录音和采访笔记的照搬照抄,而是经过了认真的剪裁与打磨,有一个去粗取精的加工制作过程。比如,主人公陈俊贵的语言,粗而不俗,流畅、自然,都是他掏心窝子的话,有啥说啥,不掖着藏着,真诚、坦率、执着。读了他的自白式言说,你会深信,只有这种性格的人才会在那样艰苦的地方坚持为自己的战友守墓二十四年。党益民有很好的写作天分,他的文学写作,是从小说开始的。首部小说叫《喧嚣荒塬》,后来还写了《一路格桑花》等。小说视人物性格的突出与鲜活为第一要务,对话要求传神、性格化,讲究的是声口毕肖。口述实录的叙事策略,早在20世纪80年代就被冯骥才等作家运用过。但小说是虚构的艺术,"口述实录"有时只是虚拟的外在形态。报告文学是纪实的艺术,不允许虚构,

受到的约束远比小说要大，但人物语言的个性化要求，却与小说无异，因而《守望天山》的主人公陈俊贵的性格化的言说，实际上是作者小说写作经验的移用。昨天在《北京文学》主办的研讨会上，见到了陈俊贵和他的妻子孙丽琴，听了他们的发言，更感到党益民在作品中对他们口述的实录确实达到了传其神而捉其要的境地。

细节，是一切记叙型文体的基本组件，从一定意义上甚至可以说，细节决定成败。在《守望天山》中，最重要、最突出的细节便是那决定生和死的馒头。班长把最后一个馒头留给了新兵陈俊贵，陈俊贵活了，他和副班长却牺牲了。这是整个故事和整部作品的纽结，是被作者精雕细刻、放大了写的。与此相关的，还有陈俊贵把馒头扔进脏水桶的细节，他的女儿扔掉有黑点的馒头皮的细节，都写得很有力度，让人难忘。可以说，有关馒头的细节，在整部作品中被作者赋予了深刻的象征意义和伦理道德的内涵，紧密联系着作品的题旨。

口述实录的叙事策略，固然使作品和人物鲜活、传神，但掌握不到位的地方就显出琐碎、分散的毛病，所以在结构上党益民插入了"作者手记"的记叙和评说，起一种连缀、导引或点化评说的作用，以强化作品的整体感，突出作品的主题。

守望天山

感人至深的老兵传奇

——我读《守望天山》

丁临一

读了党益民的《守望天山》，心里久久不能平静。既有深深的感动，也有强烈的震撼，那种盘桓胸中的滋味难以言表。概括地说，《守望天山》是小人物，大传奇；小故事，大主旨。这部作品真切质朴，意味深长。

《守望天山》讲述的是发生在当代的一个老兵为一百六十八位牺牲在天山筑路工地上的烈士战友守墓二十四年的故事。三十多年前，为了巩固国防，建设边疆，战士陈俊贵所在部队奉命修筑天山公路。筑路十年间，这支部队战冰雪斗严寒，历经千辛万苦，用青春、鲜血和生命谱写了一曲报效祖国、献身使命的革命英雄主义壮歌。先后有一百六十八名官兵献出了宝贵的生命，有数千名官兵受伤致残。陈俊贵就是在一次部队被暴风雪围困，跟随班长等三名战友去送信求援途中，因为班长和战友们坚持把最

后一个馒头让给他才得以幸存的。在伤残复员后,陈俊贵却无法忘怀牺牲在天山筑路工地上的班长和战友们,他最终毅然放弃了县城的工作,携带妻子和刚出生不久的儿子重返天山,默默地为班长和战友们守墓至今。我们看到,陈俊贵重返天山的时候,正是经商下海潮流几乎风靡全国的时候。陈俊贵孤寂艰难地守护在天山烈士陵园的年代,正是我国经济建设快速发展、人民生活水平大幅度提高的年代。作品以"口述实录体"的讲述方式,真实地再现了一个普通的老兵二十四年来守望天山的生活场景与心路历程。在当代中国社会发生急剧变化,人们的人生观价值观已经趋向多元化的这样一个大格局下,陈俊贵的选择可谓极具传奇意味。一个普普通通的老兵对于为国捐躯的战友们的孤独守护,可谓意味深长,具有震撼人心的内在精神力量。

《守望天山》中对于老兵陈俊贵的形象刻画,可以说是寓崇高于质朴,既真实又深刻。通过主人公的自述我们知道,陈俊贵最初参军入伍的直接动机并不远大高尚,仅仅只是和改变个人生存状态联系在一起。但是在艰苦卓绝的天山筑路过程中,在生与死的战斗洗礼考验中,在人民军队这个大家庭的教育熏陶中,陈俊贵顺理成章地一步步从普通的农民成长为自觉的革命战士,成长为忘我的、甘愿为完成使命、为守护英烈而献出一生的人写的人。作品中陈俊贵的妻子和儿女的讲述、陈俊贵的战友的讲述，颇多催人泪下的动人细节，也从不同侧面丰富了陈俊贵的形象。陈俊贵无怨无悔地重返天山，守护烈士，毫无疑问其情感出发点在于知恩感恩。为了自己对战友的承诺，为了烈士的业绩与精神永远不被忘怀，他和妻子、儿女日复一日、年复一年地苦苦守候在天山上，他的独特而动人的生命轨迹，则淋漓尽致地显现出善良、坚忍、痴情和忠诚。应该说，这样没有高起点高调门大道理的小人物的形象和故事，反显出别具一格，分外感人。这样的老兵对于"天山精神"的追求与守候，正是在深刻地张扬着我们伟大民族的民族精神和永不褪色的战士本质。

我深信，《守望天山》为我们深情讲述的这样一个老兵的传奇故事，一定能够深深打动当代千千万万的读者。陈俊贵和他的战友们以青春和生命铸就的"天山精神"，也一定能够作为我们的军队和人民最珍贵的精神财富永远流传。

一个馒头引出的感恩故事

——读党益民报告文学《守望天山》

李朝全

1980年,部队在修筑新疆天山公路(独库公路)过程中,遭遇暴风雪,陈俊贵同班长郑林书、副班长罗强和老兵陈卫星带着二十个馒头去送信。班长他们把最后一个馒头让给了新兵陈俊贵,班长、副班长先后死了。陈卫星和陈俊贵幸运地被哈萨克老人救起,活了下来。之后,陈俊贵复员到地方,在生活的安逸和爱情、家庭的甜蜜中,他曾短暂地忘却了长眠在天山上的班长他们。1985年,一部名为《天山行》的电影唤醒了陈俊贵的感恩之心。他举家搬到新疆,为修筑天山公路而牺牲的一百六十八名烈士守墓,长期过着艰辛不堪的生活,牺牲了一切,然而他却找回了宝贵的良心和内心的安宁,找回了自己。

陈俊贵用自己的一生践行了对班长他们的一个承诺,践行了一个坚定不移的信念:知恩图报。这种知恩图报,这种灵魂的

守望天山

　　守望和精神的苦守，在我们这个时代具有非比寻常的意义：在喧嚣与浮躁之中，在欲望化生存的世界里，让我们看到竟然还有这样的一家人，这样的一种人，这样的一种人生抉择——放弃一切，舍弃所有，只为追求内心的安宁、和谐与平静，追求一种无愧我心的道德操守。内心和谐是人自身和谐、自我完善的重要标志，也是我们创建和谐社会的题中应有之义。因此陈俊贵的故事特别能打动我们，他的坚守苦守也因此具有别样的意义和价值。知恩图报是中华民族的一种美德。这种品格和精神犹如一面古老而珍贵的铜鉴，屡擦屡新。陈俊贵一家用几十年的守望再一次擦亮了这面镜子。

　　《守望天山》这个感恩的故事，表面上是由一个救命的馒头引出的。馒头在党益民这部作品中具有特殊的含义。陈俊贵是一个寻常的普通人，他人生最重要的第一步是渴望入伍，吃上馒头，为此他给大队书记下跪。最终，他如愿当上了兵，吃上了馒头。他对班长的感情，转折点是他随手扔掉的半个没吃完的馒头。班长承担了他的过错，并且从脏水桶里捞出那半个馒头，当着全班战士的面，一口一口吃了下去。吃完后，他说，我们部队苦，老百姓比我们还苦。我们绝大部分人都是从农村来的，可不能这样糟蹋粮食！——这些都让陈俊贵羞愧难当，感动得几乎给班长

跪下。在那个生死关头,班长命令陈俊贵吃下了最后那个救命的馒头,尽管这个馒头外皮磨没了,看上去烂糟糟的。但这个馒头救了陈俊贵,也从此改变了陈俊贵的人生道路和选择,最终使得陈俊贵自愿背井离乡,回到天山为因修筑天山公路而殉职的班长等一百六十八名烈士守墓,守着清贫,守着自己精神的圆满和富有。

馒头是粮食,同时又有着精神食粮的意味。班长对前后两个馒头的处理方式,从品格、道德和精神灵魂上滋养了陈俊贵,塑造了他的人格,决定了他的人生价值取向。陈俊贵又以馒头的故事教育了无数来烈士陵园参观的人和所有听过他做报告、讲述这个故事的人。他也用馒头的故事教育了自己的子女,滋养了下一代的品格和精神。十三岁的女儿扔掉了一块长了霉点的馒头皮,结果平生唯一一次挨了父亲的打。父亲给女儿讲述了那个救命馒头的故事,女儿感动落泪,从此不再糟蹋粮食了,并因此更加理解父亲,认为父亲为战友守墓是应该的,是他们家的分内之事,是他们家生活的一部分。她开始觉得自己的父亲挺伟大,为拥有这样一个父亲而感到自豪。那种感恩生活、知恩图报的情感和美德就这样传承到了儿女身上。父亲陈俊贵就这样完成了对子女们的精神输血。

守望天山

儿子陈晓洪以前一直不理解父亲，抱怨穷困的生活和命运的不公，把这一切都归过于自己的父亲没本事。当兵后，他终于理解了什么是战友情，理解了父亲对班长的感情。第一次回家探亲，看到他们的家依旧破破烂烂，母亲坐在门口，手里拿个馒头，就着咸菜。——时光似乎停滞在那里，馒头，破家，二十四年了，一家人还是如此贫困，还在那里坚守，在把守墓当作自己分内的事情，一直自然而真诚地守着。父亲从湖北回来了，给儿女们放了《天山行》的电影，陈晓洪特别感动，为自己有这样一个爸爸感到骄傲。他对父亲说，我以前不懂事，对不起您。去年，部队决定重修独库公路，陈晓洪代替父亲参加了这项工作。表面上看，父亲的事业传续到了儿子肩上。实质上，父亲的品德、操守、精神也传续到了儿子身上。陈俊贵的子女都是八〇后，他们对父辈的精神坚守、精神追求由理解到认同，再到学习、效仿，这些优秀的美德资源、精神资源就这样自自然然地灌输到了他们的血液里了。这实在是一件令人倍感欣慰的事情。

瞧陈俊贵这一家子！他们的人生贫苦却不失尊严，艰难却不失光彩。他们身上的忠义守信、知恩图报的精神，伟大的人格力量和人性光芒能打动和感染所有的读者，能净化每个人的灵魂，引领人向着高尚境界飞升。我们的民族、我们的时代特别需要这

样的精神支撑。

这部作品采用同一段历史往事由多人进行讲述的手法,互为印证和补充,写法新颖,贴紧了报告文学真实性的品格追求,显得自然、朴素而又富于变化。从三十八次穿越西藏,写出了曾获鲁迅文学奖的《用胸膛行走西藏》,到这部穿行天山公路而写出的《守望天山》,党益民始终像古代的采民风者一样,坚定地走在路上,做一个真诚的行走者、采风者和耐心的倾听者、严肃的书写者。他的写作实践为当下报告文学创作提供了许多有益的经验与启示。

讴歌中华传统美德

——《守望天山》读后

傅溪鹏

党益民的新作《守望天山》讲述了一个老兵感恩的故事，讴歌了中华民族的一种传统美德，赞美了人类的一种崇高灵魂和人间大爱。这是一部典型的极好的高尚的人生观教科书。

出生于东北穷困农村的陈俊贵，参军后响应毛主席关于"搞活天山"的号召，随部队秘密集结新疆，修筑艰险的独库公路，打通南北疆通道，为繁荣发展新疆做贡献。在大雪封山弹尽粮绝的困境中，班长郑林书将最后一个馒头让给了新兵陈俊贵，陈俊贵活了下来，而班长郑林书和副班长罗强却因粮尽饥寒英勇牺牲了。陈俊贵复员后，毅然决然放弃了舒适的工作，拖家带口重返天山，住地窝子，挑战饥寒困境，为班长等一百六十八位牺牲在天山的战友守墓，一守就是二十四年……这二十四年如同一面镜子，照出了陈俊贵和他的妻子孙丽琴的崇高美德、美丽心灵，为

人们点亮了一盏人生路上的明灯……

在独库公路险恶的修筑环境中,陈俊贵与他的战友们几乎天天面临塌方、雪崩,要与死神搏斗,他们时刻接受着生死考验……班长郑林书在生活、工作中的种种美德影响了新兵陈俊贵,升华了他的灵魂。他永远忘不了班长为他承担了随便扔掉馒头的严重错误,被他泼了洗脚脏水而不吭一声,特别是一个馒头救了他的命牺牲了自己的事……复员后,陈俊贵有了稳定工作,结婚生子,过着安适宁静快乐的日子,几乎忘却了"天山苦难",忘却了班长和战友……当突然看到讲述修筑独库公路的故事片《天山行》时,他灵魂深处的美德猛然醒悟过来,他寝食难安,脑海里时时涌现出班长郑林书和战友们的亲切形象……他决定重返天山,为一百六十八位牺牲的战友守墓。而善良又善解人意的妻子孙丽琴抱着"嫁鸡随鸡、嫁狗随狗"的传统淳朴思想,随丈夫同去报恩。夫妻共同谱写了一曲震撼人心的民族传统美德之歌。

《守望天山》这部作品的文学性很强,在人物刻画、细节描写、文学语言运用方面都很成功,特别是在人性描写上入木三分。

孙丽琴虽有"嫁鸡随鸡、嫁狗随狗"的淳朴美德,但在跟丈夫到天山受尽生活磨难时,也有许许多多的苦水没处倾吐。她面临困境绝境时,也曾绝望过,甚至自杀,还说"如果有下辈子，我绝不再嫁给他(指陈俊贵)"。这是人性矛盾的两个方面。文中写到了孙丽琴人性的两重性。她一方面埋怨丈夫，怨叹悲苦人生，另一方面她又跟随丈夫守墓，深爱着丈夫和儿女。这种情感，支撑着孙丽琴的人生。她说："我也是有儿女的人，人心都是肉长的，人家的孩子十八九就牺牲在这里，那些父母是白发人送了黑发人，该有多痛苦！我不管咋苦咋累咋受罪，但毕竟我们一家五口在一起，三个儿女在一天天长大……在墓地待的时间长了，好像跟那些从来没见过面的烈士有了感情，有点分不开的感觉……我出去干活，不管干什么，心里总是空落落，有什么牵挂似的……回到地窝子，看到那片墓地，我心里就踏实了。我们走了，那些牺牲了的人待在这里多孤单啊！人家把命都扔在这里了，我们苦点算个啥？再说，我也习惯了住在墓地的生活。好像那就是个村子，他的战友就是我们的邻居……"

孙丽琴知道丈夫的人品，她真心爱他关心他。她省吃俭用，勤俭持家，悉心关照丈夫和儿女。作家采访她的时间长了些时，她说："我们家那人快回来了，我得给他温温药酒，他一回来就得往伤腿上擦……"

作者成功地刻画了一个真实的胸怀宽阔的有着大爱的中国传统女性，歌颂了一个文化水平不高、淳朴善良的普通妇女的高

尚品德。

《守望天山》中的许多细节描写极为成功。如在执行艰巨任务遭遇粮尽雪封险恶绝境只剩一个馒头时,"班长看了我们每人一眼,举着那个馒头说,我们就剩下最后一个馒头了,我和罗强同志八天前刚被批准为预备党员,陈卫星比陈俊贵兵龄老,所以我建议,这最后一个馒头让新兵陈俊贵同志吃。大家有没有意见?罗强说,我没有意见。陈卫星迟疑了一会儿说,我服从班长的决定。我(陈俊贵)说,我不能一个人吃,要吃大家一起分着吃……"作者在这里剖析了在场每个人物内心的真实状态,也亮出了每个人物真实的思想高度。还有,陈俊贵情急中扔掉馒头的违纪细节,筑路中战士们英勇牺牲的许多细节描写,都十分生动感人,人物刻画十分成功。

作者的文学语言运用,也很有特色。如描写孙丽琴因生活磨难满腹心思过早苍老时写道:"她满腹心思,才四十三岁,头发几乎全白了,看上去,好像头上顶着一座雪山。那雪山圣洁而沉重,让我肃然起敬。"这几句描写,既联系到身边的雪域境遇,把人与景生动地连结在一起,也颂扬了女主人公的圣洁,同时也表达了作者对孙丽琴的敬仰。写孙丽琴的内心活动时,文字生动形象。她说:"女人嫁人太重要了,嫁一个人就等于嫁一种命。

守望天山

嫁给他，我等于嫁给了黄连……"除此之外，还有不少地方的描写也很生动，很吸引人。

《守望天山》的另一个写作特色，是用第一人称讲述的形式拉近了读者与文中人物的距离，由主人公直接向读者讲述自己的经历，自己的酸甜苦辣，自己的真实内心，倾吐自己的心声。人物向读者零距离倾诉，大大增强了客观性、真实性、亲切感，更能提升读者的阅读兴趣。

一生为你守候

——评党益民《守望天山》

刘 畅

都说这个时代喧嚣而浮躁,纷繁多彩的世界充满了太多的诱惑,太容易让人滋生欲望与不满,但在遥远的新疆,在放眼望去满是荒凉的雪山戈壁的天山之中,却有一个人怀着一颗感恩的心,在为自己的班长与战友执着地守候。这就是党益民的《守望天山》讲述的一个退伍兵陈俊贵令人为之动容的不平凡事迹。

陈俊贵之所以永怀一颗感恩的心,是因为他一直认为在饥饿和寒冷随时会夺走他们的生命的时刻,是自己吃掉了那最后一个馒头,才致使与自己一起执行任务的班长与副班长牺牲,他因此而内疚、悔恨与自责。陈俊贵的这种自省意识表明他是一个善良的人,一个知恩图报的人。在正常状态下,人在面临生死抉择时,都有求生的愿望,只有那种将生的希望留给别人,将死的可能留给自己的人才符合中国的传统精神。在生死关头,班长郑林

守望天山

书说，他与罗强刚成为预备党员，陈卫星是一名老兵，也就是说，新兵陈俊贵是一个"弱者"，理所当然地应该得到最后的"照顾"，而这种"照顾"却是生的希望。这充分体现了部队战友之间不是兄弟却胜似兄弟的真情，在这种内化了的精神的感召下，郑林书选择了死的可能，而将生的希望留给了陈俊贵。对于陈俊贵来说，正是班长郑林书当年在生死关头舍己为人、牺牲奉献的精神感染了他，在他心灵深处埋下了一颗感恩的种子，在合适的时候生根发芽，直至长成一棵参天大树。

  如果没有看到那部以陈俊贵当年所在部队的人物与事迹改编的电影《天山行》，陈俊贵也许会像一个普通人一样，平平淡淡度过一生。但他看到了，而且电影重新激起了他对昔日战友的怀念，他的心飞向了新疆，飞向了那曾经付出过青春与鲜血的天山。他责备自己因为有了家庭而忘记还留在冰山雪原上的班长和战友们，因为有了幸福而忘记了那逝去的战友还在忍受孤独。于是，在内心的指引下，他决定携妻带子远赴天山，为当年将生的希望留给自己的班长与永远长眠于此的战友们守墓三年，哪知这一守竟是二十四载。在普通人看来，死去的人已经死去，活着的人还得继续活下去，谁不希望自己的生活过得好一些呢？就像陈俊贵的儿子说的那样："你天天守着这些死人有啥意思？"但作

为一个曾经经历过生与死考验的退伍兵，陈俊贵最难忘怀的生活就在那天山深处。只有在那里，他才能够找回他自己，才能感觉到自己生命的意义，得到灵魂上的慰藉。在这里，他可以与班长和战友一起抽烟、喝酒、唠嗑。与烈士们在一起，他才能感觉到自己在精神上不再孤独。烈士们为国捐躯，自己还活着，有什么舍不下？陈俊贵理解了班长，理解了那些牺牲的烈士们，而且他还要用自己的行动来证明，用自己感恩的守候来证明。

陈俊贵从二十六岁开始守在那些牺牲了的战友的墓旁，一守就是二十四载，这份坚定与执着常人难以想象。每个人都向往成功，都希望自己的人生有价值。有的人成功了，凭着拥有的聪明才智，凭着不懈的勤奋努力，凭着一切的可能。更多的在默默无闻中度过一生的人，在很大程度上是因为缺乏陈俊贵这样的坚定与执着，那种用一辈子做一件事的决心。谁也无法拥有一个完美的人生，但却可以创造一个无悔的人生。陈俊贵用自己二十四年的执着实现了自己无悔的人生。陈俊贵不仅仅是一个退伍兵，他还是父母的儿子，妻子的丈夫，儿女的父亲。在这不同的角色中，他不是一个好儿子，在父母去世时他没能回去送终；他不是一个好丈夫，没有让妻子过上安宁的生活，没给妻子买过一件首饰，甚至妻子还曾两次因为生活贫困而想自杀；他不是一个好父

守望天山

亲，儿女曾因为贫穷而自卑。在过去的岁月里，他们曾在墓地旁的地窝子里住了九年；数年没穿过新衣服，常年穿的是路过的人和战友送的旧衣服，而且经常是穿破了补，补了又穿；几乎没吃过肉，肠胃已不适应吃肉。虽然陈俊贵有愧于亲人，失去了很多很多，但在昔日的战友心中，他是一个英雄，一个不计名利、甘于奉献的英雄。如今他仍在日复一日地执着地守望，守望着昔日的战友，也守望着自己的精神家园。贫困的生活、恶劣的气候、孤独的守候，反而越来越坚定了他继续留下来的决心。陈俊贵的担当很简单，牺牲的战友墓地都远离家乡与亲人，要时常有人祭奠他们，让他们感到温暖。陈俊贵正是以自己执着的守候，传承着当年战友们的精神，也因此成就了自己。

正如作者党益民在结尾时的作者手记中所说："陈俊贵守望的不仅仅是班长给予他的那份恩情，更是那段激情燃烧的岁月。"对于那不远的过去，回想起来有着太多的感动。那段岁月虽然物质匮乏，但人们精神状态高昂，有着较为单纯的激情与执着，这也正是今天这个时代所提倡的勇于牺牲、无私奉献、知恩图报、坚定执着的精神，陈俊贵保持着这种精神，更显弥足珍贵。

在写作手法上，《守望天山》采用的是作者手记与相关当事人讲述实录相结合的方式，语言通俗易懂、淳朴自然，生活气

息扑面而来。不只是有陈俊贵的自述,还有他的妻子、儿子、女儿,以及地方政府领导、烈士亲人、昔日战友的真情讲述,从各个侧面,全方位、立体地再现了陈俊贵的生活与事迹。通过这些叙述的相互参照,大家看到的陈俊贵并不是一个完美的英雄形象,他也只是一个普通人,就像一个生活在我们身边的同事或朋友,有着普通人的喜怒哀乐,有着这样或那样的不足。他当年当兵的动机只是为了吃上馒头;他最初守墓三年之后没有离开,是因为生活艰难,没有路费,回去怕人家笑话;妻子说下辈子我不会再嫁给他。如此种种,让人们感受到一个鲜活生动的陈俊贵就在眼前。无论什么原因,都不妨碍陈俊贵成为一个令人敬佩的英雄,因为他确实是凭着内心真挚的感恩之情与执着,在天山深处常人难以忍受的环境中坚守了二十四载,而且还将继续坚守下去……

守望灵魂的高地

——读党益民《守望天山》

高满航

读军旅作家党益民的书，常常萌生莫名的感动，从《喧嚣荒塬》《一路格桑花》《石羊里的西夏》到《用胸膛行走西藏》，再到《西藏，灵魂的栖息地》，直至今天的《守望天山》，不论小说、散文还是报告文学，他朴实的文字总能真实、细致地为我们呈现那些大自然原生态的苍凉、人性与生俱来的崇高以及喧嚣世俗世界里空灵圣洁的感动。作为一名军人，党益民长期工作在高海拔的西藏、新疆地区，他无怨无悔，践行着一名军人对国家的责任；作为一名作家，党益民扑下身子解兵心、探民意，艰苦付出，用一杆力笔为我们这个时代构筑精神家园、守望灵魂高地。

读《守望天山》，开始以为只是一个有关报恩的传统故事。在现实世界里，每天都有无数类似的事情发生，在文字的世界里，

每天都有无数类似的故事被叙述。但蓦然地,我竟被"司令员同志,能不能让我们握握女兵的手?"这样朴实的文字揪住了心。因为我也当过兵,在一条被叫作男人沟的僻远山沟里待过,知道几年时间见不到女性的官兵,内心深处那种朴实纯洁的冲动。读到叩动心灵的文字,我再次心甘情愿地成了党益民作品的俘虏,随后读到使我泪流满面的陈俊贵和班长郑林书的故事:漫无边际的雪地里,四个兵,一个馒头,谁吃谁活,不吃就得等待死亡。分配馒头的权力掌握在班长郑林书手里。换句话说,让谁活下去的权力掌握在班长郑林书的手里,那一刻郑林书可以自己吃下这个馒头,因为他说了算,也可以让罗强吃了,也可以让陈卫星吃了,但是郑林书把仅有的一个馒头给了新兵陈俊贵。郑林书这个看似有着模式化痕迹的人物,却是一个真实事件里的真正英雄。当然,同意郑林书做出这个决定的罗强也是,包括后来冻掉脚指头的陈卫星,虽然他"迟疑了一会儿",后来还"瞪"了陈俊贵一眼,但这些都不能矮化他的形象。这些可爱的人是那个激情燃烧岁月里军人的群像,他们无私、无怨、无悔的品格,如同久旱后的甘露那般滋养了一个时代人们的精神家园。即便今日,后生的我们还在努力地挖掘属于他们的"珍闻""记录",企图在喧嚣迷醉中奢求那种久违的心灵感动。

守望天山

《守望天山》里,陈俊贵永远不会忘记班长郑林书死去时的样子,"我们呼唤班长的名字,班长就是不睁眼。我害怕极了,但我没有哭。不知那时为啥就没有哭,也许是脑袋被冻木了"。直到三十年之后,陈俊贵还为自己在班长临死前没哭而满怀愧疚,班长对他那么好,那时候,他理应表示出伤心的,但他却没有。后来班长在饥寒交迫中死去了,临死前"他又把目光转向我说,陈俊贵,如果你能活着出去,将来到我湖北老家去看看我的父母"。就那样,班长死了,后来副班长罗强倒下了,陈卫星倒下了,陈俊贵也倒下了,幸亏得到哈萨克牧民的救助,陈俊贵和陈卫星才活了下来。后来,带着伤残的身体和代表荣誉的军功章,他复员到地方,回到了喧嚣的世俗世界里,在他的家乡辽中县县城里,当一名电影放映员。陈俊贵过着自己记忆里"最开心的一年,最风光的一年",也"彻底明白了,权力这玩意儿就是好",并且找了一个不算漂亮但很朴实的妻子。原本日子就该那样风平浪静地过下去,但电影《天山行》的放映,让陈俊贵"激动得手直哆嗦"。心情难以平静的他和战友吃饭,战友说:"陈俊贵,这辈子你要是忘了你们班长,你就不是人!"战友的话刺痛了陈俊贵的心,于是他做了一个改变自己一生的决定——去天山给班长守三年墓。于是他携妻带子,踏上了涤荡心灵的感恩之路,来到了

他曾经战斗过的地方。陈俊贵发现"那里坟墓很多,有的墓碑已经坏了,有的已经倒了,看上去真是有点凄凉"。为了"不让烈士们寂寞、受委屈",陈俊贵在当地政府的支持下开始了他的修整、看护墓地的生活。转眼三年时间满了,但陈俊贵"离不开那些烈士,感觉他们就是我们家的成员",于是陈俊贵继续在寒冷寂寞的乔尔玛陵园里,日复一日地坚守着,并且最终了却了班长郑林书临终前的心愿。陈俊贵说:"再咋熬,再咋苦,也不能跟班长和陵园里这些烈士比。起码我还活着。我能活到今天,就已经足够了。"

二十四年中,中国社会经历着前所未有的大变革。在这场轰轰烈烈的变革里,每一个不甘寂寞的生命都努力地演绎着自己的传奇,或喧闹,或离奇,但陈俊贵用二十四年时间只做了一件事情,那就是默默地坚守。

三十多年前,班长郑林书用一个救命的馒头感动了陈俊贵,使他最终选择了用不计回报的坚守来体现人生的价值;今天,老兵陈俊贵用二十四年的坚守感动着更多的人。感谢党益民带我们进入陈俊贵坚守的那个世界,他为我们讲述的不仅是一个关于感恩的故事,更是一种默默坚守的精神,一股奋力前行的动力。陈俊贵用自己力所能及的力量,为我们每一个普通的人默默守望着灵魂的高地。